BOOKS BY FRANCE DUBIN

- Meurtre rue Saint-Jacques
- Meurtre avenue des Champs-Élysées
- Meurtre à Montmartre
- Meurtre au château
- Meurtre à Noël
- Meurtre en Provence
- Meurtre au Champagne
- Merde, It's Not Easy to Learn French
- Merde, French is Hard... but Fun!
- Merde, I'm in Paris!
- Petit déjeuner à Paris
- Déjeuner à Paris
- Dîner à Paris
- Une famille compliquée

Visit her author page at francedubin.com.

MEURTRE AU CHAMPAGNE

A MURDER MYSTERY IN EASY FRENCH

PETITS MEURTRES FRANÇAIS

FRANCE DUBIN

ISBN: 978-1-960003-09-6 (paperback)
978-1-960003-10-2 (e-book)

20251006

TABLE DES MATIÈRES

ACKNOWLEDGMENTS

Je voudrais remercier mon mari Joe Dubin, Geri LaJoie, et tous mes étudiants.

INTRODUCTION

I hope you enjoy this book! I also recommend the companion audiobook version so you can learn how to pronounce this beautiful language correctly. For information on where to buy the audiobook, visit my website at francedubin.com. Merci beaucoup et bonne lecture !

France Dubin

francedubinauthor@gmail.com
facebook.com/FranceDubinAuthor
Instagram: @books.in.easy.french

MEURTRE AU CHAMPAGNE

CHAPITRE 1

Je m'appelle Alice Hunt. Je travaille dans la bibliothèque centrale de la ville de Houston au Texas. J'adore mon travail, mais aujourd'hui je l'aime un peu moins. Nous avons eu la visite d'une classe d'adolescents, et maintenant il y a des livres partout. C'est le bazar.

Madame Bleakers, ma supérieure, et moi essayons de remettre de l'ordre dans les livres.

- C'est sympathique les jeunes qui aiment lire, je dis.

Madame Bleakers ne m'écoute pas.

- Alice, regardez discrètement là-bas, chuchote-t-elle. Il y a un homme avec un t-shirt orange.

- Où ? Je ne vois rien.

- Mais vous êtes aveugle, Alice, dit-elle plus fort. Cet homme mesure plus de deux mètres. Il est grand comme un arbre.

- Non, désolée, Madame Bleakers, je ne le vois pas.

- Il est dans la section A 641 !

Parce que je suis bibliothécaire, je sais que la section A 641 correspond aux livres de cuisine. Et en effet, devant les livres de recettes, il y a un homme très grand avec un t-shirt orange.

- Je le vois maintenant.

- Je pense que c'est le joueur de foot Rick Johnson, me dit-elle.

- Je ne le connais absolument pas, je réponds. Je ne l'ai jamais vu.

Je n'ai jamais entendu parler de Rick Johnson. C'est normal parce que je ne regarde pas le foot à la télévision. Franchement, ce sport ne m'intéresse pas, pas plus que le football américain, le tennis de table ou l'équitation.

Madame Bleakers semble impressionnée par la présence d'un joueur de foot dans notre bibliothèque. C'est sûrement parce qu'elle est née en Angleterre. C'est bien connu, les Anglais adorent le foot.

Madame Bleakers va jusqu'à son bureau et prend dans son sac à main un petit carnet et un stylo. Ensuite, elle s'approche nerveusement de l'homme au t-shirt orange. Je l'observe. Je n'ai jamais vu madame Bleakers aussi timide. Son visage est rouge comme une tomate.

Je la vois parler quelques instants avec le joueur. Elle lui donne son carnet et son stylo. Je devine qu'elle veut un autographe. Il lui fait un grand sourire et signe dans le petit carnet. Ensuite, ils continuent à discuter quelques minutes.

Je ne peux pas entendre leur conversation. Je devine seulement quelques mots.

- Un soufflé au fromage... un ballon... une sauce béchamel... un carton rouge ... des croûtons... un penalty.

Madame Bleakers parle quelques minutes de plus avec le joueur de foot et elle revient me voir. Elle a un grand sourire.

- Cet homme est si gentil, si charmant, dit-elle en mettant le petit carnet sur son cœur.

- Vous aimez le foot, Madame Bleakers ? je lui demande.

- Bien sûr, le foot est mon sport préféré. C'est un sport subtil, élégant et sophistiqué. Ce n'est pas comme le football américain ou, pire, le baseball.

Elle ouvre son petit carnet et me le montre fièrement.

- Regardez, Alice, j'ai presque tous les autographes de l'équipe de foot de Manchester City et de l'équipe de foot de Houston.

- Vraiment ?

- Alice, vous pouvez garder un secret ? me demande-t-elle.

- Bien sûr, je lui réponds.

Madame Bleakers s'approche de moi.

- Rick Johnson m'a dit qu'il va bientôt voyager en France. C'est un secret. Il va l'annoncer à sa fiancée samedi soir pendant le dîner.

- C'est pour cela qu'il cherche un livre de cuisine ? je lui demande.

- Exactement, Alice. Il va essayer de cuisiner un coq au vin. Il cherche aussi des conseils pour son voyage.

- C'est une bonne idée.

- Je lui ai dit que je connaissais une véritable francophile, une grande spécialiste de la France.

- Vraiment ? je lui demande surprise. Qui ?

- Mais vous, Alice ! Il va vous contacter dans quelques jours. En attendant, prenez sa carte de visite.

Je prends la carte, je la mets dans ma poche de pantalon et je l'oublie immédiatement.

EXERCICE DU CHAPITRE 1

Dans ce chapitre, nous faisons la connaissance de Rick Johnson. Rick est un sportif.

Voici une liste de 5 sports. Pouvez-vous trouver la traduction en anglais de ces sports ?

1. le patinage artistique
a) figure skating
b) diving
c) artistic swimming

2. la natation
a) wrestling
b) boxing
c) swimming

3. l'équitation
a) horse riding
b) lacrosse
c) sailing

4. l'alpinisme
a) fencing
b) mountaineering
c) surfing

5. l'aviron

a) rowing

b) climbing

c) cycling

CHAPITRE 2

Rick Johnson a deux livres de recettes dans la main quand il arrive devant mon bureau.

- Bonjour, me dit-il, je voudrais emprunter ces livres. J'espère qu'ils vont m'aider. Je ne suis pas un bon cuisinier.

Il me sourit. Je remarque que ses dents sont parfaitement droites et blanches, mais que son nez est complètement de travers.

- Bonjour, je lui dis en prenant les livres pour les scanner. Ma collègue m'a dit que vous partez bientôt en France.

À ce moment-là, je me rappelle que madame Bleakers m'avait demandé de garder le secret. J'ai la mémoire d'un poisson rouge.

Rick Johnson me fait signe de la main de parler moins fort.

- Je suis désolée, je chuchote.

Je trouve la situation amusante, car d'habitude, c'est moi qui demande aux personnes de parler moins fort dans la bibliothèque.

- Il y a des journalistes partout, me dit-il. Je veux garder cette information secrète pour le moment.

- Je comprends, je dis.

Monsieur Johnson s'approche un peu plus de mon bureau. Je dois tendre l'oreille pour entendre ce qu'il dit.

- J'aimerais savoir si vous pouvez venir chez moi dans quelques jours ? J'ai beaucoup de questions sur la France et sur les Français.

- Bien sûr, je dis.

- Est-ce que vous pouvez venir chez moi dimanche prochain, par exemple ? Je suis certain que Gaby et moi allons avoir beaucoup de questions à vous poser.

Samedi, je ne fais rien. Dimanche, je ne fais rien. Mon emploi du temps du week-end est vide comme une bouteille de champagne après Noël.

- Je pense que c'est possible pour moi, je lui dis.

Rick Johnson me regarde droit dans les yeux. Je remarque pour la première fois qu'il a un œil bleu et un œil vert.

- Votre collègue m'a dit que vous êtes une vraie francophile.

- C'est vrai. J'aime tout ce qui concerne la France et la culture française, je lui réponds.

- Je suis très content d'entendre ça, dit-il. J'ai vraiment besoin d'une personne comme vous. Une personne qui est familière avec la culture française et la culture texane. Une personne qui connaît le camembert et le *brisket*.

- Le vin et le Dr Pepper, j'ajoute.

Avant de partir, Rick me demande encore une fois de garder le silence.

- Pour le moment, personne ne doit savoir que je pars en France, dit-il. C'est extrêmement important.

EXERCICE DU CHAPITRE 2

Rick Johnson fait la connaissance de la bibliothécaire Alice Hunt. Alice connaît bien la France et le Texas.

Complétez ces 6 phrases avec le bon verbe (au présent de l'indicatif) :

1. Rick _____ à Alice de parler moins fort. (demander)

2. Rick _____ deux livres de recettes. (emprunter)

3. Rick _____ de cuisiner un coq au vin. (choisir)

4. Madame Bleakers _____ à avoir un autographe. (réussir)

5. Rick ne _____ pas la France. (connaître)

6. Alice _____ qu'il ne faut rien dire sur le voyage de Rick. (comprendre)

CHAPITRE 3

Aujourd'hui, comme tous les samedis, je fais le ménage chez moi. Je range ma chambre. Je passe l'aspirateur dans mon salon. Je nettoie ma salle de bains. Je mets de l'ordre dans ma cuisine. Je paie aussi mes factures. Bref, je fais toutes les choses que je n'ai pas le temps de faire les autres jours.

Pour être honnête, j'ai complètement oublié mon rendez-vous avec Rick Johnson, le joueur de foot du Houston Dynamo. Notre rencontre à la bibliothèque la semaine dernière est sortie de ma tête. Heureusement, en début d'après-midi, j'ai reçu un long mail de Rick Johnson.

Bonjour Alice,

Comment allez-vous ?

Le dîner avec ma fiancée s'est bien passé. J'ai décidé de cuisiner un soufflé au fromage et une mousse au chocolat. J'ai utilisé beaucoup d'œufs et c'était délicieux. Gaby a adoré. Elle pense maintenant que je suis un bon cuisinier. Nous avons aussi bu une bonne bouteille de vin. C'était un repas sans erreur.

Gaby et moi sommes prêts pour vous rencontrer et apprendre de vos expériences en France. Nous avons vraiment de la chance de connaître une personne comme vous. Nous partons en France le mois prochain et nous ne voulons pas faire de faux pas. Est-ce que c'est toujours d'accord pour dimanche ? C'est possible pour vous de venir à 3 heures de l'après-midi ?

À bientôt,

Rick

Je lui réponds immédiatement que je suis disponible à 15 heures.

Il m'envoie son adresse.

Je lui réponds avec cinq emojis : un ballon de foot, un cœur, un drapeau français, un chapeau de cowboy et une bouteille de champagne.

Je pose mon téléphone portable sur la table de la cuisine. Je dois me préparer pour ce rendez-vous. Je ne sais pas si je suis qualifiée pour lui donner des conseils. J'ai un peu le syndrome de l'imposteur.

Mais maintenant, c'est trop tard. J'ai accepté.

Je veux organiser mes pensées. Je prends une feuille de papier et un stylo et je m'installe dans le salon. J'écris en haut de la page : Mes conseils pour un séjour parfait en France. Et puis, plus rien. Je reste longtemps à regarder la page blanche. Je n'ai pas une seule idée.

Je reste immobile exactement 90 minutes, sans rien écrire. Le grand vide.

J'apprendrai plus tard que 90 minutes, c'est la durée exacte d'un match de foot. Une coïncidence ?

EXERCICE DU CHAPITRE 3

Alice fait le ménage dans son appartement. Elle nettoie sa salle de bains.

Voici une liste de dix objets. Lesquels se trouvent rarement dans une salle de bains ? Je te donne un indice : il y en a quatre.

1. un savon

2. un coupe-ongles

3. un ballon

4. un lavabo

5. des chaussures à crampons

6. un protège-tibia

7. un rasoir

8. un sifflet

9. un sèche-cheveux

10. un robinet

CHAPITRE 4

C'est aujourd'hui que je vais rencontrer Rick et sa fiancée.

J'arrive dans le quartier de River Oaks, un des quartiers les plus chics de Houston. Ici, les maisons coûtent plusieurs millions de dollars. Je gare ma voiture au 1178 Kirby Drive. Ma vieille Toyota Prius contraste avec les Mercedes et les BMW garées dans la rue.

La maison de Rick et Gaby est énorme. Elle ressemble à un château. La façade est en pierre. Je lève la tête pour compter les fenêtres. Il y en a 26.

À droite et à gauche de la porte d'entrée, il y a des petites lampes à gaz. Les flammes apportent beaucoup de chic à la maison.

- Où se trouve la sonnette ? je me demande à voix haute.

Au même moment, la porte s'ouvre automatiquement. Je fais un pas dans le hall d'entrée.

- Bonjour, je dis.

Silence. Pas de réponse.

- Il y a quelqu'un ? Monsieur Johnson ? je dis d'une voix plus forte.

Je n'ai pas l'intention d'entrer dans la maison. C'est trop dangereux. Je connais les Texans avec leurs armes à feu.

- Bonjour ! je dis plus fort. Il y a quelqu'un ?

Devant moi, je vois un grand escalier en bois qui monte à l'étage supérieur. Le sol est recouvert de marbre rose. La pièce est éclairée par un chandelier en cristal plus grand que mon appartement.

En haut de l'escalier, je vois enfin arriver deux personnes. Elles descendent, main dans la main, comme un roi et une reine.

- Bonjour ! dit Rick. Entrez. Bienvenue chez nous ! Merci d'avoir accepté notre invitation.

Rick est exactement comme je l'avais rencontré la semaine dernière à la bibliothèque. Il porte le maillot orange de son

équipe, le Dynamo de Houston, un short et des chaussettes de sport.

La fiancée de Rick est une jolie femme. Elle est brune avec
de longs cheveux bouclés. Elle a les yeux bleus. Elle porte
une robe blanche et elle a un diamant de la taille d'une
balle de golf au doigt.

- Je vous présente ma fiancée, Gaby Texas, me dit Rick.

- Vous avez un nom de famille parfait pour vivre dans cette
partie des États-Unis, je lui dis. Enchantée de faire votre
connaissance, Madame Texas.

- Gaby, annonce Rick, je te présente Madame...Madame...

Il ne se souvient pas de mon nom. Je suis un peu vexée,
mais je lui pardonne. Il n'a pas une bonne mémoire. Il a
sûrement reçu trop de coups sur la tête pendant les matchs
de foot.

- Madame Hunt, je lui dis. Madame Alice Hunt.

- Bien sûr, Madame Hunt ! répète-t-il. Madame Hunt
travaille à la bibliothèque. C'est une spécialiste de la culture
française.

- N'exagérez pas ! je dis en rougissant.

- Vous êtes trop modeste, Madame Hunt, ajoute Rick.

Suivez-nous. Nous allons nous installer dans le salon. Nous serons plus tranquilles.

Je me demande quel type de questions ils vont me poser.

EXERCICE DU CHAPITRE 4

Dans ce chapitre, Alice fait la connaissance de Gaby Texas, la fiancée de Rick Johnson. Pouvez-vous choisir le verbe correct pour terminer ces 5 phrases ?

1. Rick va _____ des questions.
a) demander
b) poser

2. Alice va _____ Gaby et Rick.
a) visiter
b) rendre visite à

3. Alice va _____ un verre chez eux.
a) prendre
b) avoir

4. Rick et Gaby vont _____ la France.
a) visiter
b) rendre visite à

5. Madame Bleakers voudrait _____ à un match de foot.
a) assister
b) attendre

CHAPITRE 5

Les murs du salon sont blancs. La table basse est blanche. Le tapis est blanc. Le vase et les fleurs sur la table basse sont blancs. Bref, tout est blanc dans ce salon.

Nous sommes tous les trois assis sur un grand canapé en cuir blanc.

- Rick et moi sommes très contents d'aller en France, déclare Gaby. Nous allons y rester un mois.

- Vraiment ? Un mois ? je dis surprise. C'est un long voyage. D'habitude, les Américains préfèrent partir une semaine maximum. Vous allez visiter quelles villes ? Bordeaux ? Nice ? Lyon ? Paris ? Dijon ?

- Nous allons rester quatre semaines dans la ville de « Rhymes », dit Rick.

- Quelle ville ? je lui demande.

- La ville de « Rhymes », dit-il.

- Je ne connais pas cette ville. Rick, pouvez-vous épeler son nom ?

- R... E... I... M... S..., dit-il.

- Ce n'est pas la bonne prononciation, je lui déclare. On prononce le nom de la ville comme le mot en anglais « dance », mais avec un R à la place du D.

- Vraiment ? ajoute Gaby surprise. Je ne l'aurais jamais deviné.

- Merde, ce n'est pas facile d'apprendre le français, soupire Rick.

Rick a raison.

- Mais pourquoi le nom de cette ville se prononce « Rance ? » demande Gaby.

Je me souviens avoir lu une explication dans un vieux livre acheté au marché aux puces.

- On raconte que Louis XIV, grand amoureux du champagne, a décidé de changer l'orthographe du nom de la ville pour que les Anglais ne la trouvent pas sur une carte. Il ne voulait pas que le roi d'Angleterre consomme ce vin précieux.

Je ne sais pas si c'est une légende, mais j'aime bien cette histoire. Après une pause, je reprends mes questions.

- Mais pourquoi partir aussi longtemps à Reims ? je leur demande.

Gaby met sa main sur la cuisse musclée de son fiancé. Son diamant envoie des reflets lumineux dans toute la pièce.

- Je dois avouer, continue Rick, que nous n'allons pas à Reims pour boire du champagne.

- Alors pourquoi partez-vous à Reims ? Je ne comprends vraiment pas.

- Je pars pour participer à un match avec le club de foot de la ville de Reims.

Cet homme est fou. Il préfère jouer au foot plutôt que de boire du champagne !

- Cela peut être une étape importante pour sa carrière, continue Gaby. Si l'entraîneur aime son style, il lui fera sûrement une proposition. Le Stade de Reims joue en première division. C'est une très bonne équipe.

- C'est vrai, ajoute Rick, ce voyage est une chance extraordinaire pour ma carrière. Et je veux mettre toutes les chances de mon côté. C'est pour cela que j'ai besoin de vous, Madame Hunt.

- Vous avez peut-être besoin d'un spécialiste de football ? je leur dis. Moi, je ne connais rien au foot.

- Mais vous connaissez la France, disent Rick et Gaby.

- C'est vrai. Je connais bien la France. Mais je n'y vais pas pour jouer au foot. Je vais en France pour boire du bon vin et manger beaucoup de fromage. Bref, pour passer du bon temps !

Bien sûr, je ne leur dis pas toute la vérité. Je ne leur dis pas qu'à chacun de mes voyages, une personne est tuée et que je suis suspectée de l'avoir tuée. Mais ça, c'est un petit détail.

- Madame Alice, dit Rick, il nous faudra peut-être un spécialiste du foot dans le futur, mais aujourd'hui, nous avons besoin d'une personne comme vous. Nous sommes impatients de vous écouter.

Résignée, je sors mes notes.

EXERCICE DU CHAPITRE 5

Dans ce chapitre, Alice apprend que Rick et Gaby vont passer un mois à Reims. Trouve les 5 mots secrets avec ces définitions. Ils commencent avec les lettres de REIMS.

1. R ___ ___

Un petit mammifère rongeur qui a une très longue queue. Il aime manger du fromage.

2. E ___ ___

Liquide naturel incolore formé avec de l'hydrogène et de l'oxygène.

3. I ___ ___

Le contraire de là-bas.

4. M ___ ___

Troisième personne du singulier de l'indicatif présent du verbe : mettre

5. S ___ ___ ___

Liquide rouge qui circule dans tout le corps.

CHAPITRE 6

Quand vous entrez dans une boutique, vous devez dire « bonjour ». Quand vous montez dans un taxi, vous devez dire « bonjour ». Cela fait partie de la politesse française.

- Bonjour Rick, dit Gaby.

- Bonjour Gaby et bonjour Alice, ajoute Rick.

Gaby et Rick ont un large sourire. Ils sont contents. Leurs dents parfaites sont aussi blanches que leur canapé.

- Entre collègues de travail, je continue, on peut se serrer les mains ou même, parfois, se faire la bise.

- Bizarre, dit Gaby.

- Rick, il faudra observer les autres joueurs de l'équipe de Reims. Est-ce que les joueurs de foot se font la bise ou est-ce qu'ils se serrent la main ?

Gaby regarde son fiancé et ensuite elle me regarde.

- Alice, vous pensez vraiment que les joueurs de foot se font la bise pour se dire bonjour ?

- Je ne sais pas, je réponds, mais c'est possible.

Rick se lève brusquement comme s'il s'était assis sur un cactus. Ces horribles plantes sont partout à Houston.

- Je ne ferai jamais la bise à un autre footballeur. Pas question ! dit-il.

Il se met à marcher autour du canapé.

- Calme-toi, mon amour, lui dit Gaby.

Je trouve la réaction de Rick complètement ridicule. De quoi a-t-il peur ?

Rick est rouge comme une bouteille de Tabasco. Gaby me fait signe de changer rapidement de sujet.

- Qu'est-ce que vous aimez faire ? je leur demande. Quelles sont vos activités en dehors du foot ? Comment est-ce que vous passez vos dimanches, par exemple ?

Gaby touche la petite croix qu'elle porte au cou.

- Nous appartenons à l'église Sainte-Marie, dit-elle. Tous nos amis y vont. C'est très important pour nous. Nous aimerions continuer à aller à l'église à Reims.

- J'espère que vous ne serez pas déçus, je lui dis. L'ambiance des églises françaises est un peu différente de l'ambiance des églises texanes.

Le joueur de foot revient s'asseoir sur le canapé blanc.

- C'est-à-dire ? demande-t-il.

- Je veux dire que l'ambiance est beaucoup plus... plus calme. Quand on entre dans une église française, on voit beaucoup de cheveux blancs. Les églises françaises sont parfaites si vous voulez vous faire des amis de plus de 80 ans.

Rick et Gaby perdent un peu leur sourire.

- Est-ce qu'il existe des clubs pour jouer au tennis ? demande Gaby pour changer de sujet. Je joue au tennis depuis l'âge de 15 ans.

- C'est vrai, dit Rick en touchant les bras musclés de sa fiancée. Gaby est une championne de tennis.

- Arrête, Rick.

- Ma chérie, tu es trop modeste. Gaby peut jouer aussi bien avec le bras gauche qu'avec le bras droit.

Rick caresse les bras de sa fiancée. Il commence à lui faire des petits bisous dans le cou. Je remarque qu'il y a un suçon sur le cou de Gaby.

Je pense qu'ils ont oublié que je suis là.

- Je vais faire des recherches sur les clubs de tennis à Reims, je leur dis en me levant.

- C'est une bonne idée ! dit Gaby dans un soupir.

Je laisse Rick et Gaby sur leur canapé et je quitte le salon silencieusement.

EXERCICE DU CHAPITRE 6

Alice explique à Rick et Gaby qu'en France, beaucoup de personnes font la bise pour se dire bonjour.

Pouvez-vous conjuguer le verbe **se dire** au **futur de l'indicatif** ?

je _____ _____

tu _____ _____

elle _____ _____

nous _____ _____

vous _____ _____

ils _____ _____

CHAPITRE 7

De retour dans mon appartement, je regarde les deux tickets que Rick m'a donnés. Ils sont valables pour le prochain match entre Houston Dynamo et Austin FC, deux équipes de foot du Texas. Je vais les donner à ma supérieure, madame Bleakers.

Pour être honnête, je suis un peu déprimée. Je repense à mon rendez-vous avec Rick et sa fiancée. Je ne suis pas contente de moi. J'ai été très négative. J'ai l'impression que je n'ai pas donné envie à Gaby et Rick d'aller en France.

J'aurais dû leur parler de la gentillesse des Français, de la ponctualité des transports en commun et des merveilleux musées. J'aurais dû donner plus de points positifs au sujet de la France : les beaux paysages, la nourriture exceptionnelle et l'art de vivre.

C'est certain : à cause de moi, ils vont rester à Houston. Ils vont dire non à cette opportunité de carrière internationale.

Je décide de mettre un peu de musique. C'est bon pour le moral.

J'allume mon ordinateur et je remarque que j'ai reçu un mail de Rick et Gaby. Je m'assieds pour le lire tranquillement.

Chère Alice,

Merci pour votre présentation. Nous avons beaucoup appris grâce à vous. Nous avons apprécié votre description réaliste de la France. Vous n'avez pas cherché à embellir la situation. Vous n'avez pas cherché à nous montrer la France à travers des lunettes roses. Merci pour votre honnêteté. L'honnêteté est une qualité rare.

Nous avons encore beaucoup de choses à apprendre. C'est pour cela que nous voudrions que vous veniez une semaine en France avec nous.

Votre billet d'avion et votre hôtel seront payés ainsi qu'un salaire de 1000 dollars pour la semaine. Nous espérons que vous allez accepter notre proposition.

Vos amis, Rick et Gaby

Bien sûr, j'ai répondu « oui... mille fois oui !» Je suis trop contente d'aider Rick et Gaby dans leur nouveau projet ! Cela va être une expérience fantastique !

EXERCICE DU CHAPITRE 7

Alice pense qu'elle a été trop négative dans ses explications sur la France.

Voici 7 phrases. Pouvez-vous les écrire à la forme négative ?

Ex : Je mange du pain. // Je ne mange pas de pain.

1. J'achète du fromage.

2. Je veux de la sauce de soja.

3. Je mange de la viande.

4. Je suis végétarienne.

5. J'aime regarder le sport à la télévision.

6. J'ai assisté à un match de foot.

7. Les joueurs de foot gagnent bien leur vie.

8. Les trains sont à l'heure.

CHAPITRE 8

J'ai expliqué la situation à madame Bleakers. Je lui ai demandé si je pouvais prendre quelques jours de vacances pour accompagner en France le joueur de foot Rick Johnson et sa fiancée, Gaby Texas. Elle a répondu « non » sans me donner d'explications.

Je ne comprends pas pourquoi madame Bleakers ne veut pas approuver mon voyage. Je suis en colère. Je jette mon sac sur le sol et j'allume mon ordinateur.

Madame Bleakers arrive dans mon bureau avec la subtilité d'un pick-up truck un jour de rodéo.

Elle me regarde dans les yeux. Ses deux mains sont posées sur ses hanches.

- Je ne changerai pas d'avis, Alice. Ma réponse sera toujours non.

- Mais pourquoi ? C'est seulement pour 7 jours !

- Alice, je ne peux pas autoriser ce voyage en France.

Madame Bleakers est sûrement un peu jalouse.

- J'ai besoin de vous à la bibliothèque, dit-elle. Fin de la discussion.

- C'est seulement pour une petite semaine, j'ajoute. Je reviendrai très vite.

- Pas question ! Arrête, Alice. On change de sujet.

Soudain, je me souviens que j'ai mis dans mon sac les deux billets pour le match Houston Dynamo contre Austin FC. Je les sors de mon sac.

- Regardez, Madame Bleakers, deux billets VIP pour le 15 mars.

Ces yeux deviennent de plus en plus grands. Un peu comme un enfant devant un gâteau au chocolat ou comme un Anglais devant une bière tiède.

- Je vous les donne, je lui dis.

- Vraiment ? dit-elle. C'est merveilleux.

- Monsieur Johnson m'a dit qu'avec ces billets, vous pourrez visiter les vestiaires.

- Visiter les vestiaires ?

- Exactement, j'ajoute, les vestiaires.

- Une visite des vestiaires après le match ? demande-t-elle.

- Après le match, je confirme.

Je devine que madame Bleakers réfléchit. Elle imagine des joueurs de foot nus. Ils sont musclés et couverts de transpiration. Ils sont prêts pour la douche. Un régal pour les yeux.

Ma supérieure réfléchit encore quelques instants. Je dois agir vite.

- Si je pars en France avec Rick Johnson, il a promis de me donner d'autres billets VIP pour des matchs encore plus importants.

Madame Bleakers capitule.

- Je suis d'accord pour autoriser ce voyage, dit-elle, mais seulement pour 6 jours. Pas un jour de plus.

Victoire ! Je vais partir en France !

EXERCICE DU CHAPITRE 8

Madame Bleakers accepte qu'Alice accompagne Rick et Gaby en France. Madame Bleakers est gentille.

Complétez ces phrases avec le bon adjectif.

1. Les billets sont _____ .(chères – chers)

2. La France est un _____ pays. (beau – belle)

3. Reims est ma ville _____. (préféré – préférée)

4. Les maisons sont _____. (petits – petites)

5. Le foot est un sport _____. (dangereux – dangereuse)

6. Les footballeurs ont des cuisses _____. (musclés – musclées)

CHAPITRE 9

J e suis arrivée en France.

À l'aéroport de Roissy-Charles de Gaulle, je retrouve ma valise noire. Elle tourne avec d'autres valises noires.

Après le contrôle des passeports, je me dirige vers la gare SNCF.

Une fois à la gare, je monte dans le train, direction la ville de Reims.

Mon train part du quai numéro 6 à 11 heures 48. Il n'y a pas de retard. Il n'y a pas de grève. J'ai de la chance. C'est parfait.

Les voyageurs poussent leurs valises sur le quai numéro 6 et montent dans le TGV INOUI 6789.

Je m'assois sur le siège 43 de la voiture 12. Je pousse un long soupir. Je peux enfin me relaxer, mais je ne dois pas m'endormir. Je ne veux pas rater la gare de Reims.

L'homme assis à côté de moi porte un chapeau et une chemise blanche. Il doit avoir 75 ans. Il lit un magazine de sport. Je me demande si je peux lui poser deux ou trois questions sur le foot. En plus, si je parle avec lui, je suis certaine de ne pas m'endormir.

- Excusez-moi, Monsieur, je lui dis. Est-ce que vous jouez au foot ?

Il me regarde surpris.

- Quelle drôle de question, Madame. Pourquoi me la posez-vous ? Êtes-vous en train de former une équipe pour organiser un match dans ce train ? Un match entre la voiture 12 et la voiture 11, peut-être ?

Je réalise que ma question est un peu bizarre.

- Non, pas du tout, je réponds, je cherche seulement quelqu'un pour m'expliquer les règles de ce jeu. Je suis Américaine.

- Vous êtes Américaine, répète-t-il avec un beau sourire. Alors ne cherchez pas plus loin, chère Madame. Vous avez trouvé la bonne personne. Je vais tout vous expliquer.

L'homme ferme son magazine.

- Chère Madame, dit-il, dans chaque équipe, il y a 11 joueurs : des attaquants, des milieux de terrain et des défenseurs. Chaque équipe a aussi un gardien de but. L'objectif de ce jeu est de marquer un maximum de buts.

- Très intéressant, je dis, alors que je pense le contraire.

- Quand les deux équipes marquent le même nombre de buts ou quand elles ne marquent aucun point, le match est déclaré nul. Un match nul peut être suivi par des prolongations où on joue plus longtemps, ou bien par des tirs au but. Vous comprenez ?

- Oui, bien sûr, je réponds.

J'ai du mal à garder les yeux ouverts.

L'homme me parle pendant tout le trajet. Il dessine les différentes stratégies du jeu sur la couverture de son magazine. Il utilise des mots de vocabulaire que je n'ai jamais entendus avant aujourd'hui : le coup franc, la surface de réparation, le hors-jeu ... Je n'y comprends rien, mais je suis trop polie et trop fatiguée pour le lui dire.

- Le plus grand joueur de foot de tous les temps, dit-il, c'est bien sûr le célèbre ...

- C'est la gare de Reims ! je crie. Je suis arrivée ! Merci beaucoup, Monsieur, pour toutes ces explications. C'était vraiment très gentil.

- Ne me remerciez pas, chère Madame. C'est un plaisir pour moi, me dit-il un peu triste. Le foot, c'est ma passion.

EXERCICE DU CHAPITRE 9

Alice est dans le train TGV INOUI 6789. Son voisin, un homme de 75 ans environ, lui explique comment jouer au foot.

Pouvez-vous écrire en toutes lettres et en français bien sûr, les numéros ?

Exemple : 6789 : six mille sept cent quatre-vingt-neuf

988

1929

2028

375

750

CHAPITRE 10

À la gare de Reims, je monte dans un taxi. Après environ 10 minutes, je suis devant l'hôtel de la Paix. C'est un grand bâtiment de cinq étages. Je suis enfin arrivée !

J'entre dans l'hôtel. Le hall est décoré avec de nombreuses bouteilles de champagne.

- Est-ce que je suis au paradis ? je demande à la femme de la réception.

Elle me regarde sans sourire. Elle porte un pull noir. Ses cheveux sont attachés dans un chignon austère.

- Bienvenue à l'hôtel de la Paix, dit-elle.

- Merci, je lui dis. Je voudrais une chambre, s'il vous plaît.

- L'hôtel est complet, Madame.

- J'ai une réservation. Mon nom est Alice Hunt.

La femme regarde l'écran de son ordinateur pendant deux longues minutes.

- Désolée, je ne trouve pas de réservation au nom de Hunt.

- Vous êtes sûre ? je demande.

Je commence à transpirer légèrement.

- H, U, N, T, j'épèle.

- Vraiment. Je ne trouve pas de réservation à ce nom.

Tout à coup, je me demande si Rick n'a pas réservé ma chambre sous son nom.

- Pouvez-vous regarder sous le nom Johnson ? Rick Johnson ?

La femme regarde l'écran de son ordinateur.

Après de longues minutes, elle se penche vers moi.

- J'ai trouvé deux chambres au nom de monsieur Rick Johnson.

- Parfait, une de ces chambres est pour moi.

- Un instant, dit-elle. Il y a une note avec la réservation de cette chambre.

La femme lit le message en silence sur l'écran de son ordinateur. Ensuite, elle me regarde avec un sourire bizarre. Je ne comprends pas ce sourire, mais cela n'a pas d'importance. La femme me donne la clé de la chambre.

- Vous avez la chambre 371, Madame Hunt, dit-elle. Elle est au troisième étage, à gauche en sortant de l'ascenseur.

- Merci.

- Est-ce que je dois donner aussi une clé de votre chambre à monsieur Johnson ? demande-t-elle en me faisant un clin d'œil.

- Absolument pas ! je lui réponds.

C'est stupide, mais je me sens obligée de donner des explications. Et malheureusement, je suis fatiguée et je ne parle pas simplement.

- Je travaille pour monsieur Johnson, je commence. Il est américain. Il est très beau... Je veux dire très bon ... Il est jeune... Il pourrait être mon fils.

- Hum, me dit-elle, aux États-Unis aussi les femmes âgées aiment les hommes jeunes ?

- Mais non... Je vous dis que je pourrais être sa mère.

- Comme ici en France alors ?

Cette femme ne comprend rien.

- Vous connaissez madame Brigitte Macron ? me demande-t-elle.

J'attrape rapidement la clé de ma chambre.

- Merci, je lui dis.

Et je disparais dans l'ascenseur.

EXERCICE DU CHAPITRE 10

Alice Hunt arrive enfin à Reims. Elle va rester à l'hôtel de la Paix.

Voici une liste de 10 objets. Traduisez ces 10 mots en anglais et trouvez trois animaux qui n'ont rien à faire dans une chambre d'hôtel.

1. un verre

2. une tique

3. un matelas

4. un oreiller

5. un drap

6. un requin

7. un cintre

8. un cobra

9. un coffre-fort

10. une lampe

CHAPITRE 11

Ma chambre est petite et elle semble très propre. Elle possède un lit et un joli bureau en bois. Sur le mur, en face du lit, il y a une télévision.

Je texte Gaby pour lui dire que je suis arrivée à Reims. Elle me répond immédiatement que Rick est à l'entraînement de football. Nous nous donnons rendez-vous à 18 heures au bar de l'hôtel. Gaby et Rick sont arrivés en France une semaine avant moi. Ils doivent avoir beaucoup de choses à me raconter.

Je regarde ma montre. Il est seulement 16 heures 30. J'ai le temps de prendre un bain. J'ai besoin de me relaxer dans un bon bain chaud.

La salle de bains est minuscule. Et malheureusement, il n'y a pas de baignoire. Il y a seulement une petite douche dans un coin. Dommage. Mais je me motive en me disant que les douches sont meilleures pour l'environnement. Je dois être écoresponsable. Alors, allons-y pour une bonne douche chaude.

Je commence par me déshabiller. J'enlève tout : mon pull, ma chemise, mon pantalon et mes chaussettes. Je m'approche de la douche et pousse la petite porte en verre pour entrer. Je ne comprends pas. La porte ne s'ouvre pas complètement. C'est très insuffisant pour passer. Je pousse encore et encore. Je ne veux pas casser la porte. J'essaie plusieurs fois de l'ouvrir, mais sans succès.

Petit à petit, une jambe après l'autre, j'entre dans la douche. L'espace douche est vraiment étroit. J'ai l'impression d'être dans une cabine téléphonique anglaise.

Maintenant, je dois comprendre comment fonctionne la douche. Est-ce que je dois tourner le bouton à droite ou à gauche pour avoir de l'eau chaude ? Je dis une petite prière au dieu des plombiers et je tourne le bouton vers la gauche. Horreur ! L'eau est glacée. Je pousse un cri. Je tourne vite le bouton de la douche vers la droite.

Enfin, l'eau est à la bonne température. Quel plaisir de prendre une douche chaude après un long voyage en avion !

Après de longues minutes, j'arrête l'eau. J'espère maintenant pouvoir sortir de cette douche sans difficulté. Je suis prête à me battre contre cette porte. Je compte jusqu'à trois et je pousse la porte de toutes mes forces. La porte s'ouvre brusquement.

- Merde ! je crie avant de tomber sur le sol de la salle de bains.

Je me relève péniblement.

- Quelle idiote ! je dis.

Je viens de réaliser que la porte de la douche s'ouvre vers l'extérieur et non pas vers l'intérieur.

Je sèche mes cheveux. Je choisis des vêtements propres dans ma valise. Je m'habille. Il est presque 17 heures 30.

À 18 heures, je descends pour aller retrouver Rick et Gaby au bar de l'hôtel. Une coupe de champagne me fera du bien.

EXERCICE DU CHAPITRE 11

Alice doit se battre pour entrer dans sa douche. Pouvez-vous conjuguer le verbe « se battre » au présent de l'indicatif ?

je _____ _____

tu _____ _____

il _____ _____

nous _____ _____

vous _____ _____

ils _____ _____

CHAPITRE 12

Quand j'arrive dans le bar de l'hôtel, je remarque tout de suite que Rick semble fatigué et découragé. Il est triste comme un cowboy interdit de rodéo.

Gaby est assise à côté de lui. Elle tourne plusieurs fois le gros diamant autour de son doigt. J'ai remarqué que c'est un geste que les femmes riches font souvent quand elles sont stressées.

Rick regarde ses pieds. Gaby me voit entrer dans le bar. Elle me fait signe de la main.

- Bonjour Alice, me dit Gaby. Vous avez fait un bon voyage ?

- Le voyage s'est bien passé, merci. Et vous ? Comment allez-vous ? je demande.

- Ça va, elle me répond d'une voix monotone.

- Vous avez joué au tennis ?

Juste avant leur départ pour la France, j'ai pu trouver un club de tennis parfait pour Gaby.

- Pas encore, me dit-elle en souriant, mais bientôt.

- Rick, comment se passe cette première semaine à Reims ? je lui demande.

- Horriblement, me répond Rick.

- Vraiment ? je demande surprise. Expliquez-moi.

- Premièrement, mon entraîneur, Michel Hidolga, est un homme colérique.

Rick enlève ses protège-tibias et les pose sur la table.

- Deuxièmement, Mathieu Kovac est violent.

- Qui est Mathieu Kovac ? je demande.

- C'est le joueur que Rick doit remplacer dans l'équipe, dit Gaby.

- Si je signe au club de Reims, ajoute Rick, c'est pour remplacer le numéro 17, Mathieu Kovac. Bien sûr,

Mathieu n'est pas d'accord et il me rend la vie difficile.

- La situation n'est pas facile pour Rick, ajoute Gaby. Je me demande si on a bien fait de venir en France. Je n'aime pas voir Rick comme cela.

Une serveuse arrive.

- Vous désirez boire quelque chose ? elle nous demande.

- Un verre de lait, répond Gaby.

- La même chose pour moi, dit Rick.

La serveuse me regarde surprise. Elle ne voit pas souvent d'adultes commander du lait à Reims. Heureusement que je suis là pour montrer qu'il existe des Américains qui savent vivre.

- Une coupe de champagne pour moi, s'il vous plaît, je réponds avec un large sourire.

Rick frotte ses mains sur son visage.

- J'ai passé cette première semaine avec des personnes en colère, des personnes négatives, dit-il. Est-ce que tous les Français sont comme cela ?

- Pas du tout, il existe beaucoup de Français heureux et positifs, je lui dis. Regardez ces gens là-bas, par exemple.

À côté de nous, quatre amis fêtent un anniversaire. Ils portent tous un petit chapeau amusant en forme de bougie. Nous les observons. Leur serveuse arrive avec une bouteille de champagne. Tout le monde applaudit.

- Regardez, Rick, je dis, il existe des Français contents. En voici la preuve.

La serveuse ouvre la bouteille de champagne. Les amis lèvent leur verre et crient : Feliz cumpleaños, José !

EXERCICE DU CHAPITRE 12

La première semaine d'entraînement ne s'est pas bien passée pour Rick. Gaby se demande s'ils ont bien fait de venir en France.

Complétez les phrases suivantes avec l'adverbe **bien** ou l'adjectif **bon**.

1. C'est un _____ champagne. (bon – bien)

2. Rick n'a pas _____ joué. (bon – bien)

3. _____ anniversaire, disent les invités. (Bon – Bien)

4. Gaby et Rick ne comprennent pas _____ la culture française. (bon – bien)

5. L'entraîneur ne parle pas _____ à ses joueurs. (bon – bien)

CHAPITRE 13

Hier soir, j'ai proposé à Rick de l'accompagner à l'entraînement de foot. Je veux l'aider à améliorer ses relations avec sa nouvelle équipe et son entraîneur. Après tout, c'est pour cette raison que je suis à Reims.

Ce matin, je me réveille tôt. Je regarde dans ma valise pour choisir des vêtements appropriés pour un terrain de foot. Heureusement, j'ai emporté avec moi un jogging et des baskets. J'ai aussi mis dans ma valise un t-shirt orange, la couleur du Houston Dynamo, l'équipe de foot de Houston. Avec un peu de chance, quand Rick verra mon t-shirt, il trouvera l'idée sympathique.

Je sors de ma chambre et je retrouve Rick dans la salle à manger de l'hôtel. Il est en train de prendre son petit déjeuner : un café au lait, une omelette et des toasts.

- Bonjour Rick, vous avez bien dormi ? je lui demande.

Rick lève la tête de son assiette.

- Bonjour Alice, j'ai assez bien dormi. Le matelas est trop petit pour moi. Ce n'est pas très confortable. Au Texas, les lits sont deux fois plus grands.

- Qu'est-ce que vous mangez ? je lui demande pour changer de sujet.

- Une omelette aux champignons et au fromage, me dit-il.

- Elle a l'air bonne.

- Cette omelette est trop petite pour moi, me dit-il. Au Texas, les omelettes sont deux fois plus grandes.

Tout est plus grand au Texas, les lits et les omelettes !

Je montre mon t-shirt à Rick.

- Vous avez vu, Rick ? je dis. Cette couleur ?

Il regarde mon t-shirt, mais il ne dit rien. Son visage reste sans expression.

- Vous ne remarquez rien, Rick ?

- Non, dit-il. Rien.

- La couleur ne vous rappelle rien ?

Il regarde mon t-shirt intensément.

- Non, votre t-shirt ne me rappelle rien, dit Rick.

- Et cette couleur orange ?

- Ah oui, dit-il enfin, le magasin Home Depot !

Rick est peut-être un bon joueur de foot, mais il n'est pas très perspicace. Ce n'est pas le couteau le plus aiguisé du tiroir.

- Mais non, rien à voir avec le célèbre magasin de bricolage. Cette couleur orange, c'est la couleur de l'équipe de Houston !

Rick me regarde avec des yeux tristes et il prononce une phrase que j'ai rarement entendue dans ma vie.

- Houston me manque, dit-il.

EXERCICE DU CHAPITRE 13

Rick est triste. Il pense à Houston avec nostalgie.

Complétez les phrases suivantes avec l'adverbe **mal** ou l'adjectif **mauvais**.

1. C'est un _____ restaurant. J'ai eu un empoisonnement alimentaire la dernière fois que j'y ai mangé. (mal – mauvais)

2. Je joue _____ au foot. (mal – mauvais)

3. Alice lit un _____ livre. Elle devrait lire *Petit Déjeuner à Paris* de France Dubin. (mal – mauvais)

4. En ce moment, je dors _____. Je dois me coucher plus tôt. (mal – mauvais)

5. Les _____ croissants n'existent pas en France. (mal – mauvais)

CHAPITRE 14

Rick et moi arrivons au stade à 10 heures du matin. Il pleut un peu. Pour le moment, le parking du stade est vide. Je ne vois pas un seul joueur sur le terrain. C'est parfait. Nous sommes arrivés les premiers.

Nous sortons de la voiture. Rick prend son sac de sport dans le coffre de la voiture et nous entrons dans le stade. Sur le gazon vert du terrain de foot, Rick retrouve un peu le sourire.

- Je vais me changer dans les vestiaires avant que les autres joueurs n'arrivent, me dit-il. Je reviens dans 10 minutes.

- D'accord, à tout à l'heure. J'ai hâte de vous voir jouer.

Pendant que Rick met sa tenue de footballeur, un short,

un t-shirt, des protège-tibias et des chaussures à crampons, je me balade autour du stade.

Sur le sol, à côté des gradins, je vois de jolies petites fleurs blanches. Elles ressemblent à des marguerites, mais elles sont plus petites. Ces fleurs s'appellent des pâquerettes. Elles sont très délicates. En regardant un peu plus vers le sol, je vois quelques fourmis, une coccinelle, et un joli petit escargot. J'aime observer la vie souvent invisible sous nos pieds.

Quand je lève la tête, je remarque deux hommes qui parlent ensemble à côté des vestiaires. Ils viennent d'arriver. Un des hommes porte une veste de costume qu'il ne peut pas fermer à cause de son gros ventre.

- Ce n'est pas possible, hurle-t-il. C'est une catastrophe.

Le deuxième homme a les cheveux poivre et sel. Il porte un t-shirt rouge, un short noir et des chaussures de sport. Si je devais deviner, je dirais que c'est l'entraîneur.

Petit à petit, je marche dans leur direction. Je veux entendre leur discussion.

- Vous êtes un imbécile, dit l'homme avec le gros ventre. Vous êtes aussi inutile qu'une mouche !

Alors là, je ne suis pas d'accord, car les mouches sont très utiles ! Elles contribuent à la pollinisation de certaines plantes et elles servent de nourriture aux oiseaux, aux grenouilles et aux poissons. Mais je ne dis rien. J'avance silencieusement vers les deux hommes.

- Mais, Monsieur Klikot ...

- Taisez-vous, Michel. À cause de vous, nous allons tout perdre. Si nous ne gagnons pas le prochain match, nous descendrons en deuxième division.

- Mais, Monsieur Klikot ...

- Si la situation ne s'améliore pas, je vais être obligé de changer d'entraîneur.

- Mais c'est impossible. Mon contrat est pour 5 ans.

- Je trouverai une solution, dit l'homme d'une voix menaçante.

À ce moment-là, Rick sort des vestiaires. Les deux hommes arrêtent immédiatement de parler. Ils partent chacun dans une direction opposée et sans se dire au revoir.

EXERCICE DU CHAPITRE 14

Alice et Rick sont **arrivés** au stade pour l'entraînement. Dans cette phrase, on ajoute la lettre « s » à la fin du participe passé du verbe **arriver** pour indiquer que le sujet est pluriel. Avec l'auxiliaire **être**, le participe passé s'accorde en nombre et en genre avec le sujet. Ce n'est pas vrai si on forme le passé composé avec l'auxiliaire **avoir**.

Choisir la bonne orthographe du participe passé dans ces phrases :

1. Rick et Gaby sont **(resté/restés)** dans un hôtel du centre-ville.

2. Gaby Texas a **(mangé/mangée)** une petite omelette ce matin.

3. Alice et Gaby ont bien **(dormi/dormies)** cette nuit.

4. Alice est **(arrivé/arrivée)** récemment à Reims.

5. Rick et Gaby sont **(venues/venus)** du Texas.

6. Les deux hommes ont **(parlé/parlés)** fort.

7. Les deux hommes sont **(parti/partis)** dans deux directions opposées.

CHAPITRE 15

J e choisis une pâquerette. J'enlève un à un les pétales de la petite fleur blanche. Est-ce que je vais être contente de ce voyage en France ?

- Un peu, beaucoup, passionnément, à la folie, pas du tout, un peu, beaucoup, passionnément, à la folie, pas du tout...

Rick me fait signe de venir. Il a l'air préoccupé. Je me demande s'il a entendu la discussion entre les deux hommes à côté des vestiaires. Ils étaient vraiment en colère.

Rick regarde ses pieds. Il est stressé. Je commence à le connaître.

- Quelque chose ne va pas ? je lui demande.

- Ce n'est pas possible, me dit-il. C'est une catastrophe.

Ce sont exactement les mots que j'ai entendus il y a deux minutes.

- Que se passe-t-il, Rick ?

- Regardez, Alice, me dit-il en me montrant ses jambes.

- Je ne vois rien.

- C'est évident.

- Quoi ?

- J'ai grossi, dit-il déprimé.

- Vous rigolez, j'espère. Vos jambes sont superbes.

Je regarde ses cuisses de plus près.

- Vos jambes sont parfaites, j'ajoute. Ce sont des jambes de champion !

J'ai l'impression d'être un juge au rodéo de Houston. Qui va gagner le ruban bleu des plus belles cuisses du quartier ?

- J'ai eu des difficultés à mettre mon short, dit-il. Il est trop serré parce que je mange trop de fromage.

Je pense que Rick exagère. Il n'est en France que depuis une petite semaine seulement.

- Et quand je stresse, je grossis, me dit-il tristement.

Cet homme a vraiment besoin d'être rassuré. Pour changer de sujet, je lui demande :

- Dites-moi, Rick, qui étaient les deux hommes à côté des vestiaires ?

- L'homme avec le t-shirt rouge, c'est Michel Hidolga, mon entraîneur de foot. L'autre, monsieur Klikot, c'est le propriétaire du club.

- Il doit avoir beaucoup d'argent pour être propriétaire d'un club de foot ?

- Oui, c'est un des hommes les plus riches de la région. Il a fait fortune dans le champagne.

Il n'est pas encore onze heures du matin et j'ai déjà soif d'une bonne coupe de champagne.

- Est-ce que monsieur Klikot est marié ? je demande.

- Non, il est veuf, me dit Rick.

- J'aimerais vraiment rencontrer ce veuf Klikot !

EXERCICE DU CHAPITRE 15

Rick a peur d'avoir grossi. Il a besoin d'être rassuré.

Voici quelques expressions avec le verbe avoir. Choisir la bonne traduction.

1. avoir tort
a) to have a cake
b) to be wrong

2. avoir du culot
a) to be bold
b) to be seated

3. avoir honte
a) to be sleepy
b) to be ashamed

4. avoir le cafard
a) to be depressed
b) to be roach-infested

5. avoir la flemme
a) to have a flame
b) to be lazy

CHAPITRE 16

L'entraîneur, monsieur Hidolga, est sur le terrain avec ses joueurs. Il a les mains sur les hanches. Il ne sourit pas. Pour être honnête, il ressemble à un ours. Il fait peur.

- Les gars, pour l'échauffement, vous courez dix fois autour du terrain. Allez ! On y va. On n'est pas là pour cueillir des pâquerettes. Bande de fainéants !

Les joueurs partent ensemble immédiatement. Ils font deux, trois, quatre tours du terrain.

- Étienne, réveille-toi, hurle l'entraîneur. Je suis sûr que ta grand-mère court plus vite que toi !

Les dix tours sont effectués rapidement. Les joueurs

reviennent au centre du terrain. Ils soufflent. Ils transpirent.

- Maintenant, dit l'entraîneur, vous allez sprinter sur la longueur du terrain tout en tapant dans le ballon. Allez, cinq allers-retours !

Les joueurs partent l'un après l'autre à toute allure.

- Dylan, tu tapes dans le ballon comme une fillette ! crie l'entraîneur.

Michel Hidolga tape dans ses mains.

- Mathieu, bouge ton cul ! Mon vieux, je ne sais pas si tu as le niveau pour rester dans l'équipe. Tu es nul. Tu es mauvais. Nul. Zéro.

Michel Hidolga tape des pieds.

- Hakim, on n'est pas là pour faire la sieste. Putain !

L'entraîneur est agressif et malpoli avec tous les joueurs.

- Merde. Qui m'a donné cette équipe de gonzesses ?

Il les insulte constamment. Il leur crie dessus.

- Jonathan, arrête le foot. Ce n'est pas un sport pour toi. Tu as essayé le ping-pong ?

Monsieur Hidolga est un vrai pitbull.

- Rick Johnson, tu attends quoi là ? On m'a dit que tu étais le joueur le plus rapide du Texas. Mon fils de 6 ans court plus vite que toi.

L'entraîneur demande aux joueurs de le suivre jusqu'aux gradins.

- La situation est difficile, dit-il, les mains encore sur les hanches. Si nous perdons le prochain match contre Saint-Étienne, nous passerons en deuxième division. Monsieur Klikot n'est pas content avec vos résultats.

Les joueurs restent silencieux.

- Comme vous le savez, nous avons un nouveau joueur pour finir la saison : Rick Johnson, le Texan. Il prendra la place de Mathieu Kovac pour le prochain match.

Le joueur numéro 17, Mathieu Kovac, a le regard noir. Il se lève. Il crache par terre et disparaît dans les vestiaires.

Quelle ambiance !

EXERCICE DU CHAPITRE 16

L'entraîneur fait peur. Il est agressif avec ses joueurs.

Voici 5 expressions. Est-ce que vous êtes d'accord avec la traduction en anglais ?

1. Va au diable !
Vrai ou faux : ça veut dire "Go to hell!"

2. Je m'en fiche !
Vrai ou faux : ça veut dire "I don't give a damn!"

3. Ferme-la !
Vrai ou faux : ça veut dire "Don't come near me!"

4. Tu as merdé !
Vrai ou faux : ça veut dire "You smell very bad!"

5. Barre-toi !
Vrai ou faux : ça veut dire "Get lost!"

CHAPITRE 17

En fin d'après-midi, je retrouve Rick et Gaby au restaurant de l'hôtel. Ils semblent tous les deux aussi fatigués qu'un unijambiste dans un concours de coups de pied aux fesses. Ils sont assis, immobiles, devant leurs deux verres de lait.

- Je suis mort, soupire Rick.

- Ne dis surtout pas cela, je dis.

À chaque fois que je voyage en France, il y a une catastrophe. J'aimerais que ce voyage se passe sans drame, sans mort. Je m'approche de Rick pour vérifier qu'il respire encore.

- Rick ? Ça va ?

- Alice, ne prenez pas tout au premier degré. Je suis simplement mort de fatigue.

Rick a couru toute la journée sur le terrain de foot. Il est épuisé. Je l'ai regardé jouer cet après-midi. C'est vraiment un bon joueur. Il s'intègre de plus en plus à l'équipe. Tous ses coéquipiers l'apprécient, tous sauf le numéro 17, Mathieu Kovac.

- L'entraîneur ne m'a pas insulté aujourd'hui. C'est un progrès.

- C'est très positif, j'ajoute.

- Je pense que c'est grâce à vous, Alice.

- Grâce à moi ?

- Exactement. Je pense que monsieur Hidolga fait attention à ce qu'il dit devant une femme.

Gaby aussi semble fatiguée. Elle a enlevé ses chaussures et ses chaussettes. Elle se masse les pieds. Ce n'est vraiment pas approprié de se masser les pieds dans un restaurant.

- J'ai mal aux pieds. J'ai fait tous les magasins de Reims. J'ai acheté trois sacs à main, une robe de soirée et mon parfum préféré.

- Quel parfum ? je lui demande.

- Poison de chez Dior.

Gaby sort d'un sac la bouteille de parfum. Elle l'ouvre et en vaporise sur ses pieds.

- Je pue beaucoup des pieds, dit-elle.

Nous sommes maintenant entourés par la forte odeur de pieds et de fleurs tropicales. Pas très appétissant.

Le couple qui dîne à côté de nous regarde Gaby. Ils sont horrifiés. Je suis moi aussi très embarrassée. On est dans un restaurant chic français quand même !

- Regardez, me dit-elle soudainement en me montrant sa montre. Aujourd'hui, j'ai fait 25 978 pas.

- À Houston, cela te prendrait huit ans pour arriver à ce résultat, ajoute Rick.

La serveuse vient me voir.

- Vous désirez boire quelque chose ? me demande-t-elle.

- Une grande coupe de champagne, s'il vous plaît. J'adore le champagne.

Après le départ de la serveuse, Rick se tourne vers Gaby et moi avec un grand sourire.

- J'ai failli oublier. Demain soir, nous sommes tous les trois invités au château de monsieur Klikot. Il organise une grande fête. Tous les joueurs de l'équipe de Reims seront là.

Gaby et moi, nous nous regardons avec un large sourire.

- Je vais pouvoir porter ma robe de soirée ! dit Gaby.

- Et moi, je vais pouvoir boire du champagne ! j'ajoute.

EXERCICE DU CHAPITRE 17

Alice, Gaby et Rick sont invités à une fête. Cette phrase est à la forme passive. Pouvez-vous écrire ces phrases à la forme passive ? Exemple :

Gaby a acheté du parfum Christian Dior.

Du parfum Christian Dior a été acheté par Gaby.

1. Alice boit une coupe de champagne.

2. Le chef cuisine deux crêpes.

3. Rick a mangé une omelette.

4. L'équipe de foot de Reims va gagner la coupe.

5. L'arbitre va mettre un carton rouge.

CHAPITRE 18

Ce matin, Rick est parti seul à l'entraînement de foot. Il m'a laissé un message à la réception me demandant de profiter de la journée pour visiter la ville.

Parfait !

Je décide de commencer par la cathédrale. Elle est spectaculaire. J'apprends qu'elle a été complètement détruite pendant la Première Guerre mondiale et qu'elle a été reconstruite grâce au milliardaire américain John D. Rockefeller Jr.

Je me demande si les milliardaires américains d'aujourd'hui aident à la reconstruction de monuments historiques ? Ou est-ce qu'ils préfèrent acheter des yachts et penthouses pour leur utilisation personnelle ?

Après la cathédrale, je visite des caves à champagne. Là aussi, j'apprends beaucoup de choses sur la production de ce vin merveilleux. Par exemple, il existe plusieurs tailles de bouteilles et elles portent toutes des noms différents. La petite bouteille de 0,37 litre s'appelle une fillette, la bouteille de 12 litres s'appelle un Balthazar. Bien sûr, la visite des caves se termine avec une dégustation. Le paradis !

En début de soirée, je retrouve Rick et Gaby au restaurant de l'hôtel. Rick semble de mauvaise humeur.

- L'entraîneur de l'équipe m'a dit que j'ai mal joué aujourd'hui !

- Merde ! je dis.

Les personnes dans le restaurant me regardent. J'ai parlé un peu fort.

- Désolée ! C'est à cause du champagne, je dis en souriant.

Gaby prend Rick dans ses bras.

- Mon amour, dit-elle, va prendre ta douche. Nous devons bientôt partir pour la fête au château.

- J'avais complètement oublié cette soirée, je dis.

- Alice, rendez-vous dans le hall de l'hôtel dans 45 minutes, me dit-elle. Cela vous va ?

- C'est parfait, je réponds.

Je n'ai pas une minute à perdre. Je saute dans l'ascenseur. J'entre dans ma chambre. Je me déshabille. J'ouvre la porte de la douche. Je me glisse à l'intérieur avec mon savon et mon shampoing. Je me lave. Je sors de la douche. Je me sèche. J'enfile la robe bleue que j'ai achetée à Goodwill il y a deux ans. Un peu de mascara, du rouge sur les lèvres et je suis prête !

Dans le hall de l'hôtel, je reconnais facilement Rick. Il porte un costume noir et des chaussures vernies. Il est très chic. Gaby, elle, porte une robe noire et un long manteau gris. C'est vraiment un beau couple.

- Allons-y, dit-il. On nous attend au château.

Dehors, il pleut beaucoup.

Nous attrapons un taxi et arrivons chez monsieur Klikot trente minutes plus tard.

La demeure de monsieur Klikot est un véritable château du Moyen Âge. Sur le côté, il y a un petit parking où sont garées une douzaine de voitures de luxe : Maserati, Mercedes, Porsche.

Nous sortons tous les trois du taxi. Il pleut de plus en plus. Un éclair suivi d'un coup de tonnerre nous fait sursauter.

Gaby marche devant moi. Je sens son parfum Poison de Dior malgré la pluie et le vent.

- Un vrai château ! s'émerveille-t-elle.

- On ne voit pas ça à Houston, dit Rick.

Nous passons le pont-levis. Un homme habillé en valet nous propose de prendre nos manteaux mouillés.

- J'ai l'impression d'être une princesse, dit Gaby.

- Vous désirez du champagne ? nous demande un autre homme.

- Avec plaisir, je réponds.

Rick et Gaby me regardent et demandent un verre de lait.

Nous entrons dans une grande salle. Les murs sont recouverts de tapisseries du Moyen Âge. Rick, Gaby et moi avançons timidement. Dans la salle, je reconnais quelques joueurs de l'équipe de Reims.

Au fond de la salle, il y a une grande cheminée en pierre. À droite et à gauche de la cheminée, on peut voir deux énormes sculptures en forme de bouteilles de champagne. Ces bouteilles sont aussi grandes que Rick.

- Ces sculptures sont vraiment très originales, dit Gaby, émerveillée. J'aime beaucoup.

- Moi aussi, dit son fiancé. Elles sont en métal. C'est très chic et moderne.

Rick est captivé par ces deux bouteilles géantes. Peut-être pense-t-il faire la même chose dans sa maison de Houston !

Rick ne voit pas immédiatement que trois hommes s'approchent de lui : l'entraîneur, le propriétaire du club et Mathieu Kovac, le joueur numéro 17.

Mathieu Kovac regarde Rick méchamment.

- Voici notre joueur américain, dit le joueur numéro 17 avec un petit rire. Il doit manger trop de hamburgers, car il ne court pas très vite.

Les épaules de Rick se baissent.

- Enchanté de vous rencontrer, dit monsieur Klikot en lui serrant la main.

- Merci pour l'invitation, dit Rick. C'est très gentil de votre part. Je vous présente ma fiancée, Gaby Texas, et mon amie, Alice Hunt.

- Vous avez gouté à mon champagne ? demande monsieur Klikot.

Mais avant de pouvoir répondre, les lumières de la salle s'éteignent. C'est le noir complet.

- Pas de panique. C'est sûrement l'orage, dit monsieur Klikot.

Soudain, on entend un grand bruit et au même moment le sol tremble. C'est comme si un objet extrêmement lourd était tombé par terre.

EXERCICE DU CHAPITRE 18

Alice, Rick et sa fiancée sont arrivés au château. Ils sont émerveillés par les énormes bouteilles qui décorent la cheminée.

Choisir le verbe correct pour finir ces phrases.

1. Gaby, Alice et Rick **on prit/ont prit/ont pris** un taxi.

2. Rick **ai arrivé/est arrivé/est arriver** au château.

3. Gaby **as demandé/a demandé/a demander** un verre de lait.

4. Rick **ai entré/es entré/est entré** dans la grande salle.

5. Rick et Gaby **ont été émerveillé/on été émerveillé/ont été émerveillés** par les énormes bouteilles de champagne.

CHAPITRE 19

Quand la lumière revient enfin, je remarque tout de suite qu'une des énormes sculptures est sur le sol.

- Est-ce que quelqu'un est blessé ? demande Rick, inquiet.

Autour de moi, il y a Gaby, monsieur Klikot et Mathieu Kovac. Mais, monsieur Michel Hidolga, l'entraîneur, n'est pas avec nous.

Je marche autour de la bouteille de champagne.

- Regardez ! je crie.

Avec horreur, je vois le corps de l'entraîneur de foot. Il est allongé sur le sol. Il est immobile. Du sang coule de sa tête. Je mets mes doigts sur sa veine jugulaire. Pas de pulsation. Rien.

- Je pense qu'il est mort, je dis.

- Vous êtes sûre ? demande Rick.

- La bouteille a dû tomber sur le pauvre homme, dit Gaby.

- C'est impossible, dit monsieur Klikot.

- Mon Dieu, dit Mathieu Kovac.

Je remarque que le joueur 17 transpire beaucoup.

Rick est à genoux. Il fait un massage cardio-pulmonaire. Il chante la chanson *Staying alive* des Bee Gees pour rythmer ses gestes.

Même après quelques minutes de compression de la cage thoracique, le pauvre entraîneur ne respire toujours pas.

- Appelez une ambulance, je dis.

- Appelez la police, dit monsieur Klikot.

Les invités se demandent ce qu'il se passe.

- Y a-t-il un docteur dans la salle ? demande quelqu'un.

Monsieur Klikot frappe dans ses mains pour obtenir le silence.

- Mes amis, mes amis, il vient d'arriver un accident malheureux. Notre cher entraîneur est mort. Je vous demande de ne pas quitter le château avant l'arrivée de la police.

Nous attendons la police pendant que les serveurs passent dans la salle de bal avec des coupes de champagne.

EXERCICE DU CHAPITRE 19

Dans ce chapitre, Rick Johnson fait un massage cardiaque à son entraîneur pour essayer de le réanimer.

Trouver la bonne traduction de ces mots.

1. un cœur
2. une crise cardiaque
3. le sang
4. le bouche-à-bouche
5. la tension artérielle
6. une artère
7. un défibrillateur
8. un électrocardiogramme (ECG)

a) an electrocardiogram (ECG, EKG)
b) blood
c) an artery
d) a heart attack
e) a defibrillator
f) mouth-to-mouth
g) a heart
h) blood pressure

CHAPITRE 20

Le commissaire de police arrive rapidement. C'est un homme mince et grand comme une asperge.

- Mes collègues vont prendre les coordonnées de tous vos invités, dit-il au propriétaire du château.

Pendant que les policiers prennent les noms, les prénoms et les numéros de téléphone des invités, le commissaire étudie la situation. Il essaie de bouger l'énorme sculpture en forme de bouteille de champagne, mais sans succès. Elle est trop lourde.

Le commissaire prend des notes sur un petit carnet vert. Après environ 15 minutes, il s'approche de nous.

- Monsieur Klikot, dit-il, vous êtes une célébrité dans la région.

- N'exagérez pas, Commissaire !

- J'adore votre champagne, ajoute le policier. Ma femme et moi, nous en achetons souvent quand nous recevons des amis à la maison.

- Je suis content de l'entendre. C'est un très bon champagne, en effet.

Les deux hommes continuent à discuter en regardant leurs coupes.

- Votre champagne est généreux et élégant, Monsieur Klikot.

- C'est vrai. Il est intemporel et exceptionnel.

- Il touche l'âme.

- Il touche le cœur.

Après de longues minutes, le commissaire ouvre enfin son petit carnet vert.

- Pouvez-vous me donner la liste des personnes qui étaient à côté de monsieur Hidolga quelques minutes avant sa mort ?

- Bien sûr, il y avait Mathieu Kovac, Rick Johnson, sa fiancée Gaby Texas, l'amie de ce couple, une Américaine qui s'appelle Alice, je crois, et moi-même.

Le commissaire attrape une autre coupe de champagne sur le plateau d'un des serveurs qui passe à proximité.

- Est-ce que nous pouvons aller dans une pièce plus privée ? nous demande le policier.

Monsieur Klikot lui fait signe de le suivre.

- Nous serons plus tranquilles ici, répond monsieur Klikot en ouvrant une petite porte à droite de la cheminée.

- Messieurs, Mesdames, nous dit le commissaire. Si vous voulez bien venir avec nous.

Notre petit groupe marche vers la porte. La pièce est sombre. Au centre, il y a un long canapé rouge.

- Asseyez-vous ici, nous dit le policier.

Gaby, Rick, le veuf Klikot, Mathieu Kovac et moi prenons place sur le canapé.

- Vous étiez à côté de monsieur Hidolga juste avant l'accident, n'est-ce pas ?

- Oui, nous répondons d'une seule voix.

- Combien pèse une de ces superbes sculptures de métal ? demande le commissaire au propriétaire du château.

- Chaque bouteille pèse environ 200 kilos, répond

monsieur Klikot. C'est l'artiste Claire Bulle qui les a imaginées.

- Il est difficile de croire qu'une bouteille de 200 kilos environ tombe toute seule, ajoute le policier.

- Il y a peut-être eu un courant d'air à cause de l'orage ? dit Mathieu Kovac.

- Pour faire tomber un objet de 200 kilos, je dis, il faudrait plutôt un ouragan de catégorie 5.

Le policier vide sa coupe de champagne.

- Je pense plutôt, dit-il, que nous sommes devant un meurtre.

Nous poussons un cri de surprise.

- Comme vous étiez tous à côté de monsieur Hidolga, il y a une grande probabilité pour que le meurtrier se trouve sur ce canapé.

Le policier nous regarde les uns après les autres, droit dans les yeux.

- Bien sûr, vous et vous, continue-t-il en pointant Gaby et moi du doigt, vous n'êtes pas sur la liste des suspects.

- Et pourquoi ? je demande un peu vexée.

- Mais parce que vous êtes des femmes. Je ne vous imagine pas réussir à pousser un objet de 200 kilos ! dit-il en souriant. Cela serait impossible.

Je trouve sa remarque sexiste, mais je suis contente pour une fois de ne pas faire partie de la liste des suspects.

EXERCICE DU CHAPITRE 20

Le commissaire pense que l'entraîneur de l'équipe de foot de Reims a été tué. Il faut maintenant faire une enquête.

Trouvez la bonne traduction de ces mots.

1. un coupable
a) an innocent
b) a culprit

2. un témoin
a) an assaillant
b) a witness

3. une escroquerie
a) a scam
b) a thief

4. un indice
a) a crime
b) a clue

5. un avocat
a) a lawyer
b) a judge

6. une preuve

a) a theft

b) evidence

CHAPITRE 21

Le commissaire est debout devant nous. Il se met à lire à haute voix les notes qu'il a écrites sur son petit carnet vert.

- À 21 heures 29, monsieur Michel Hidolga, monsieur Rick Johnson, madame Gaby Texas, madame Alice Hunt, monsieur Mathieu Kovac et monsieur Jérôme Klikot étaient ensemble à côté de la cheminée. À 21 heures 33, la lumière de la salle s'est éteinte.

- C'est correct, dit monsieur Klikot.

- À approximativement 21 heures 34, tout le monde a entendu un bruit énorme et le sol a tremblé.

- C'est bien cela, dit monsieur Klikot.

- À 21 heures 36 environ, les lumières sont revenues.

Le commissaire continue de lire ses notes.

- Vers 21 heures 37, Michel Hidolga est retrouvé sur le sol.

- Il a été écrasé par une lourde bouteille de champagne en métal, ajoute monsieur Klikot.

- Et il est mort, dit le commissaire.

- C'est exactement cela, dit monsieur Klikot.

Il y a un silence de quelques secondes.

- Pourquoi et comment cette bouteille est-elle tombée sur l'entraîneur ? demande le commissaire.

Monsieur Klikot lève la main comme un étudiant qui connaît la bonne réponse.

- Je sais ! Je sais ! crie-t-il.

- Et que savez-vous, Monsieur ? demande le commissaire.

- Je sais qui a fait tomber la bouteille.

- Vraiment ? demande le commissaire.

Le propriétaire du château se lève avec difficulté du canapé. Il a vraiment un gros ventre. Sur le mur, son ombre ressemble à la silhouette de Hitchcock.

- En 1839, Marcel Klikot, mon arrière-arrière-grand-père, est devenu propriétaire de ce château. Son fils, Louis Klikot, mon arrière-grand-père, a planté la première vigne dans le but de faire du champagne.

- Un champagne excellent, ajoute le commissaire.

Monsieur Klikot se gratte le ventre.

- C'est le fils de Louis Klikot, Léon Klikot, qui a commencé la commercialisation du champagne à l'international en 1919.

- L'histoire de votre famille est intéressante, dit le commissaire, mais pouvez-vous en venir au meurtre d'aujourd'hui ?

- Bien sûr. J'y arrive. Léon Klikot, mon grand-père, était passionné de foot, un grand fan de l'équipe de foot de Reims. Il détestait voir son équipe préférée perdre.

- Je comprends, je comprends, dit le commissaire. Maintenant, pouvez-vous nous dire qui, selon vous, a tué monsieur Hidolga ?

- Mais c'est logique, Monsieur le Commissaire. C'est Léon ! Léon Klikot !

- Votre grand-père est-il toujours vivant ?

- Mais vous ne comprenez pas, dit monsieur Klikot. Le meurtrier, c'est évidemment le fantôme de Léon !

Rick met les mains en l'air.

- L'entraîneur du club de Reims a été tué avec une bouteille de champagne poussée par un fantôme. Ils sont vraiment fous ces Français !

EXERCICE DU CHAPITRE 21

Est-ce que l'entraîneur de l'équipe de foot a été tué par le fantôme de Léon Klikot ?

Avant de répondre à cette question, pouvez-vous répondre aux 5 questions suivantes ?

Exemple : C'est le fils de sa fille ou de son fils.
C'est son petit-fils ?

1. C'est le père de son père ou de sa mère.

C'est son _____ ?

2. C'est le frère de mon père ou de ma mère.

C'est mon _____ ?

3. C'est la fille de mon père ou de ma mère.

C'est ma _____ ?

4. C'est la mère de ma mère.

C'est ma _____ ?

5. C'est le père de mon grand-père.

C'est mon _____ ?

CHAPITRE 22

- Vous pensez que le fantôme de votre grand-père a tué l'entraîneur de foot. C'est une idée originale, dit poliment le commissaire. C'est très intéressant, mais si vous le permettez, j'aimerais explorer d'autres options.

Je regarde ma montre. Il est maintenant 22 heures 25. Je commence à être fatiguée. J'aimerais être au chaud dans mon lit.

- Quelqu'un a-t-il une autre explication ? demande le commissaire.

- J'ai une autre explication, dit Mathieu Kovac.

- Je vous écoute, Monsieur, dit le commissaire.

Mathieu Kovac enlève la cravate noire de son smoking.

- Voilà, dit-il, nous savons tous que l'équipe de foot de Reims est dernière du classement de première division.

- Une honte ! crie le propriétaire du club.

- Laissez-moi parler, s'il vous plaît, demande le joueur de foot.

Le numéro dix-sept se met à marcher dans la petite pièce.

- Continuez, Monsieur Kovac, dit le commissaire.

Mathieu Kovac a chaud. Il enlève la veste de son costume.

- Nous savons tous, continue-t-il, que monsieur Klikot n'était pas content avec les résultats de l'entraîneur. Je les ai vus plusieurs fois se disputer à ce sujet.

Je repense à la dispute que j'ai vue hier au stade.

- Intéressant, dit le commissaire en notant quelque chose dans son petit carnet vert, continuez.

Je remarque que Mathieu Kovac transpire beaucoup. Sa chemise est mouillée. Il enlève sa chemise et la pose sur le canapé.

- Monsieur Hidolga avait un contrat pour 5 ans. Il lui restait encore trois ans à faire.

- Sauf, ajoute le commissaire, sauf si l'entraîneur est tué.

- Exactement, dit le numéro 17. Je pense que monsieur Klikot, le propriétaire du club, a tué monsieur Hidolga.

Le propriétaire du château devient aussi rouge que son canapé.

- C'est de la diffamation, dit-il. Je n'ai tué personne.

EXERCICE DU CHAPITRE 22

Le joueur Mathieu Kovac enlève petit à petit ses vêtements : sa chemise, sa cravate...

Pouvez-vous traduire ces 8 mots ?

1. une salopette :

2. une chaussette :

3. une jupe :

4. un peignoir :

5. un manteau :

6. un bouton de manchette :

7. une ceinture :

8. un nœud papillon :

CHAPITRE 23

- Je n'ai tué personne, répète monsieur Klikot en colère.

Le t-shirt de Mathieu Kovac est maintenant complètement mouillé. Il l'enlève et il le pose à côté de sa chemise. Le joueur de foot est torse nu.

Je remarque que les bras d'un joueur de foot ne sont pas aussi musclés que ses jambes. C'est une petite déception.

- Je suis innocent ! hurle le propriétaire du château.

Monsieur Klikot se lève du canapé et il s'arrête devant Mathieu.

- Vous transpirez beaucoup, cher Mathieu, lui dit-il, est-ce que vous avez quelque chose à cacher ?

- Je n'ai rien à cacher, répond le joueur. J'ai chaud.

- C'est bizarre. Moi, je pense que vous avez quelque chose à cacher.

- Vraiment ? dit le footballeur en s'approchant de monsieur Klikot.

- Absolument, répond l'autre en faisant un pas dans la direction de Mathieu Kovac.

Maintenant les deux hommes sont nez à nez et même ventre à ventre.

- Expliquez-vous, Monsieur Klikot, ordonne le commissaire en s'asseyant sur le canapé avec Rick, Gaby et moi.

Monsieur Klikot et monsieur Kovac sont debout devant nous. J'ai l'impression d'être au cinéma. Il ne manque que le popcorn.

- Le commissaire a raison. Expliquez-vous ! dit Mathieu Kovac.

Monsieur Klikot se tourne vers nous.

- Mais c'est évident, dit-il. L'entraîneur du club avait pris la décision de remplacer monsieur Kovac par Rick Johnson. Il m'avait dit que Mathieu avait de la bouteille, il était trop vieux.

Le visage de Mathieu Kovac est rouge.

- L'entraîneur avait décidé de remplacer monsieur Kovac par l'Américain Rick Johnson, répète monsieur Klikot. Monsieur Kovac était furieux.

Monsieur Klikot sourit légèrement.

- Je pense que Mathieu a profité de l'obscurité dans la pièce pour faire tomber une de ces énormes bouteilles de champagne sur son entraîneur.

- N'importe quoi, dit Mathieu. Vous êtes un sale menteur. Je suis un non-violent.

À ce moment-là, monsieur Klikot donne un grand coup de pied dans le tibia de Mathieu qui se plie en deux de douleur. Monsieur Kovac se relève immédiatement et lui donne un coup de boule. Monsieur Klikot tombe à terre.

- Carton rouge, crie le commissaire.

EXERCICE DU CHAPITRE 23

Mathieu Kovac et le propriétaire du club de foot, monsieur Klikot, ne sont absolument pas d'accord et ils se battent.

Pouvez-vous conjuguer le verbe **se battre** au présent de l'indicatif ?

je _____ _____

tu _____ _____

il _____ _____

nous _____ _____

vous _____ _____

ils _____ _____

CHAPITRE 24

Rick, Gaby et moi regardons les deux hommes se battre, un coup de poing à droite, un coup de pied à gauche.

- Calmez-vous, dit le commissaire, je vous en prie.

Mais les deux hommes continuent à se battre.

- Arrêtez, Messieurs, reprend le policier. Vous ne montrez pas un bon exemple. Vous êtes pire que des hooligans.

Excédé, le policier sort un sifflet de sa poche et siffle comme un arbitre pendant un match de foot. Tout à coup, la porte s'ouvre.

- Vous avez un problème, chef ? demande un policier.

- Aidez-moi à passer les menottes à ces deux individus, ordonne le commissaire. Attention, ils peuvent mordre.

Le commissaire et son collègue mettent les menottes aux deux hommes.

- Nous allons vous emmener au commissariat, dit le policier. Vous vous expliquerez là-bas.

Les deux hommes recommencent à crier leur innocence.

- Je suis innocent, dit Mathieu Kovac.

- Je ne suis pas coupable, dit à son tour monsieur Klikot.

Le commissaire regarde Rick, Gaby et moi.

- Je suis désolé pour ce triste spectacle, dit-il.

Les deux hommes ont les mains attachées dans le dos.

- Je n'ai tué personne, supplie Mathieu Kovac. Je le jure.

- C'est une erreur aussi grosse que l'affaire Dreyfus, crie monsieur Klikot.

Les deux policiers poussent les deux hommes vers la porte.

- Allez, Messieurs, dit le commissaire. Je vais vous interroger au commissariat.

Je me lève du canapé.

- Attendez, je dis.

Tous les regards se tournent vers moi.

- Ces deux hommes sont innocents. Je pense savoir qui a tué l'entraîneur, je leur dis. Suivez-moi.

- Vraiment, Madame Hunt ? me demande le commissaire, surpris.

Tous les sept, nous sortons de la pièce.

EXERCICE DU CHAPITRE 24

Alice Hunt sait qui a tué monsieur Michel Hidolga. Et vous ? Vous ne le savez pas ? Non ? Alors, regardez ce texte et essayez de trouver cinq erreurs.

Le texte :

La demeure de monsieur Klikot est un véritable château de le Moyen Âge. Devant cet bâtiment fortifié, il y a un petit parking où sont garées une douzaine de voitures de luxe : Maserati, Mercedes, Porsche.

Vous sortons tous les trois du taxi. Il pleut encore. Un éclair et un coup de tonnerre nous font sursauter.

Gaby marche vert le château. Elle n'a pas peur de le orage.

CHAPITRE 25

- Suivez-moi, je leur dis.

Nous sortons de la pièce et nous marchons vers l'énorme bouteille de champagne. Elle est encore sur le sol.

- Est-ce que vous pouvez nous enlever les menottes maintenant ? demande Mathieu Kovac.

- Allez, enlevez-nous les menottes, supplie monsieur Klikot.

- Pas encore, répond le commissaire.

Rick, Gaby, les deux policiers, Mathieu Kovac et le veuf Klikot me regardent intensément.

- Rick Johnson est un très bon joueur de foot, mais j'ai remarqué qu'il a toujours besoin d'être rassuré.

- C'est vrai, dit Rick.

Gaby place une main protectrice sur le bras de son fiancé.

- Depuis que Rick est à Reims, le pauvre a entendu beaucoup de critiques de l'entraîneur. Gaby a vu son fiancé devenir de plus en plus négatif, de plus en plus pessimiste.

- C'est vrai, dit-elle. Et je déteste le voir comme cela.

Gaby regarde Rick et elle lui sourit.

- Je serai toujours là pour toi, mon amour, lui dit-elle.

Nous regardons ce couple parfait. Ils sont beaux, jeunes, amoureux et sûrement riches.

- Je suis désolée, je dis, mais la coupable est ma compatriote américaine : madame Gaby Texas !

Les personnes autour de moi poussent un cri de surprise.

- Comment savez-vous que Gaby a poussé la bouteille sur l'entraîneur ? Vous avez une preuve ? demande le commissaire.

- Gaby, montrez-nous vos mains, s'il vous plaît, je lui demande.

Gaby tend ses bras musclés de joueuse de tennis. Elle nous montre ses mains.

- Regardez maintenant les doigts de Gaby, je dis.

- Et alors ? dit le commissaire.

- Regardez la bague de Gaby.

Sur son annulaire, on peut voir le diamant gros comme une balle de golf.

- Regardez. Je suis certaine que nous allons trouver la preuve de sa culpabilité.

Nous faisons le tour de la bouteille de champagne. Le commissaire remarque immédiatement une indentation dans le métal.

- Madame, pouvez-vous enlever votre bague ? lui demande-t-il.

Gaby donne son verre de lait à Rick et elle retire la bague de son doigt.

- C'est une belle pierre, dit le commissaire en observant le diamant.

Il place la pierre précieuse sur l'indentation du métal.

- La forme est identique ! dit-il.

- Vous voyez, quand elle a poussé la bouteille, le diamant a déformé le métal.

- Vous êtes en état d'arrestation, Madame Texas, lui dit le commissaire.

EXERCICE DU CHAPITRE 25

Le gros diamant de Gaby a laissé une indentation sur la bouteille de champagne. Elle n'a pas de chance !

Peut-être aurez-vous plus de chance en trouvant la traduction des mots suivants :

1. une alliance :

2. une boucle d'oreille :

3. un collier en or :

4. une pierre précieuse :

5. une montre :

6. une bague en or :

CHAPITRE 26

Le lendemain matin, je suis invitée au commissariat.

Monsieur Klikot a gentiment envoyé au commissaire une douzaine de bouteilles de champagne pour le remercier. Le policier veut partager une bouteille ou deux avec moi. Après tout, c'est normal, je l'ai beaucoup aidé dans son enquête.

- Quelle histoire, Madame Hunt, me dit-il. Quelle histoire !

Le commissaire ne m'a pas attendue. Je peux voir une bouteille de champagne à moitié vide sur son bureau.

- Il ne faut jamais faire confiance aux personnes qui boivent du lait à la place du champagne ! dit-il. C'est la conclusion de cette histoire.

- Vous avez raison, je dis.

Le commissaire se sert une coupe.

- Comment avez-vous su que la fiancée de Rick Johnson était la coupable ? me demande-t-il.

Le policier vide sa coupe et s'en ressert immédiatement une autre.

- Premièrement, seule Gaby était capable de pousser cette énorme bouteille.

- Vraiment ? Pourquoi ? demande le commissaire, surpris.

- C'est évident. Les footballeurs ont des jambes musclées, mais leurs bras sont ridiculement maigres. Je l'ai remarqué quand Mathieu Kovac a enlevé son t-shirt hier soir.

Le policier vide sa coupe de champagne.

- Je suis d'accord avec vous, dit-il. Je pense que les joueurs de foot ressemblent un peu à des tyrannosaures. Ils ont de belles jambes, mais leurs bras sont atrophiés.

- Gaby, elle, joue au tennis ! Et elle est ambidextre. Elle peut jouer avec les deux bras, le gauche et le droit. Elle a donc les deux bras très musclés.

Je continue mon explication.

- Deuxièmement, j'ai pu sentir le parfum de Gaby sur la bouteille. Son parfum sent horriblement fort.

- C'est vrai, dit le commissaire.

- Troisièmement, il y a l'empreinte du diamant de Gaby sur le métal de la sculpture.

Le policier se ressert une autre coupe de champagne. La bouteille est maintenant complètement vide. Le commissaire est de très, très bonne humeur.

- Bravo, ma chère Alice, dit-il. Vous êtes merveilleuse... Vous êtes fantastique. Mais pourquoi a-t-elle fait cela ? dit-il après un moment de silence. Pourquoi vouloir tuer l'entraîneur de foot de son fiancé ?

- C'est simple. L'entraîneur insultait son fiancé. Les Texanes n'aiment pas que l'on ridiculise leur homme. Comme on dit chez nous : « Don't mess with Texas.»

Le commissaire ouvre une nouvelle bouteille de champagne. Et cette fois, j'ai enfin le droit à une petite coupe.

FIN

I would love it if you could leave a short review of my book. For an independent author like me, reviews are the main way that other readers find my books. Merci beaucoup !

MURDER BY CHAMPAGNE
ENGLISH TRANSLATION

CHAPTER 1

My name is Alice Hunt. I work in the central library in the city of Houston, Texas. I adore my work, but today I love it a little less. We had a class of teenagers visit, and now there are books everywhere. It's a mess. Ms. Bleakers, my supervisor, and I are trying to put the books back in order.

"It's great to see young people who like to read," I say.

Ms. Bleakers isn't listening to me.

"Alice, look discreetly over there," she whispers. "There's a man with an orange T-shirt."

"Where? I don't see anything."

"You must be blind, Alice," she says louder. "That man is over two meters tall. He's as tall as a tree."

"No, sorry, Ms. Bleakers, I don't see him."

"He's in the section A 641!"

Because I'm a librarian, I know that the section A 641 is for cookbooks. And sure enough, in front of the cookbooks, there's a very tall man with an orange T-shirt.

"I see him now."

"I think it's the soccer player Rick Johnson," she says to me.

"I don't know him at all," I reply. "I've never seen him."

I've never heard of Rick Johnson. That's normal, because I don't watch soccer on TV. Frankly, I'm not interested in that sport, just like American football, table tennis or horseback riding.

Ms. Bleakers seems impressed that there's a soccer player in our library. It must be because she was born in England. It's well known that the English love soccer.

Ms. Bleakers goes to her office and takes a small notebook and a pen from her purse. Then, she nervously approaches the man in the orange T-shirt. I watch her. I've never seen Ms. Bleakers so shy. Her face is as red as a tomato.

I see her speaking briefly with the player. She gives him her notebook and pen. I figure out that she wants an autograph. He gives her a big smile and signs in the little notebook. Then, they continue to talk for a few minutes.

I can't hear their conversation. I can only make out a few words.

"A cheese soufflé... a ball... Béchamel sauce... a red card... croutons... a penalty."

Ms. Bleakers talks with the soccer player for a few more minutes and then she comes back to see me. She has a big smile.

"That man is so nice, so charming," she says, holding the little notebook to her heart.

"Do you like soccer, Ms. Bleakers?" I ask her.

"Of course, soccer is my favorite sport. It's subtle, elegant and sophisticated. It's not like American football, or, worse, baseball."

She opens her little notebook and proudly shows it to me.

"Look, Alice, I have autographs from almost all of the Manchester City soccer team and the Houston soccer team."

"Really?"

"Alice, can you keep a secret?" she asks me.

"Of course," I reply.

Ms. Bleakers moves closer to me.

"Rick Johnson told me that he's going to France soon. It's a secret. He'll announce it to his fiancée Saturday night at dinner."

"Is that why he's looking for a cookbook?" I ask her.

"Exactly, Alice. He's going to try to cook *coq au vin*. He's also looking for advice for his trip."

"That's a good idea."

"I told him that I know a real Francophile, a great specialist of France."

"Really?" I ask her, surprised. "Who?"

"Why, you, Alice! He's going to contact you in a few days. In the meantime, take his business card."

I take the card, I put it in my pants pocket, and I immediately forget about it.

CHAPTER 1 EXERCISE

In this chapter, we meet Rick Johnson. Rick is an athlete.

Here is a list of five sports. Can you find the English translation of these sports?

1. le patinage artistique: a. figure skating

2. la natation: c. swimming

3. l'équitation: a. horse riding

4. l'alpinisme: b. mountaineering

5. l'aviron: a. rowing

CHAPTER 2

Rick Johnson has two cookbooks in his hand when he shows up in front of my desk.

"Hello," he tells me, "I'd like to borrow these books. I hope that they'll help me. I'm not a good cook."

He smiles at me. I notice that his teeth are perfectly aligned and white, but his nose is totally crooked.

"Hello," I say, taking his books to scan them. "My colleague told me that you'll be leaving soon for France."

Just then, I remember that Ms. Bleakers told me to keep it secret. I have the attention span of a goldfish. Rick Johnson makes a sign with his hand for me to keep it down.

"I'm sorry," I whisper.

I find the whole thing funny because usually I'm the one telling people to keep it down in the library.

"There are reporters everywhere," he tells me. "I want to keep this information a secret for now."

"I understand," I say.

Mr. Johnson moves closer to my desk. I have to listen carefully to hear what he says.

"I'd like to know if you could come to my home in a few days. I have a lot of questions about France and the French."

"Of course," I say.

"Can you come to my home on Sunday, for example? I'm sure that Gaby and I will have lots of questions to ask you."

Saturday I'm not doing anything. Sunday I'm not doing anything. My schedule for the weekend is as empty as a champagne bottle after Christmas.

"I think that'll work for me," I tell him.

Rick Johnson looks me straight in the eye. I notice for the first time that he has one blue eye and one green eye.

"Your colleague tells me that you're a real Francophile."

"It's true. I love everything about France and French culture," I reply.

"I'm very happy to hear that", he says. "I really need someone like you. A person who's familiar with French culture and Texan culture. A person who knows Camembert and brisket."

"Wine and Dr. Pepper," I add.

Before leaving, Rick asks me again to keep it quiet.

"For now, nobody must know that I'm going to France," he says. "It's extremely important."

CHAPTER 2 EXERCISE

Rick Johnson meets the librarian Alice Hunt. Alice knows France and Texas well.

Complete these 6 sentences with the right verb (in the present indicative):

1.Rick **demande** à Alice de parler moins fort.
Rick asks Alice to keep her voice down.

2.Rick **emprunte** deux livres de recettes.
Rick borrows two cookbooks.

3.Rick **choisit** de cuisiner un coq au vin.

Rick chooses to cook coq au vin.

4.Madame Bleakers **réussit** à avoir un autographe.

Ms. Bleakers succeeds in getting an autograph.

5.Rick ne **connaît** pas la France.

or

Rick ne **connait** pas la France. (the circumflex on the letter i became optional in 1990.)

Rick doesn't know France.

6.Alice **comprend** qu'il ne faut rien dire sur le voyage de Rick.

Alice understands not to say anything about Rick's trip.

CHAPTER 3

Today, like every Saturday, I do chores at home. I tidy up my bedroom. I vacuum the living room. I clean the bathroom. I put my kitchen in order. I also pay my bills. In short, I do all the things that I don't have time to do the other days.

To be honest, I completely forgot about my meeting with Rick Johnson, the Houston Dynamo soccer player. Our meeting at the library last week slipped my mind. Fortunately, in the early afternoon, I received a long email from Rick Johnson.

Hello Alice,

How are you?

Dinner with my fiancée went well. I decided to make a cheese soufflé and chocolate mousse. I used a lot of eggs, and it was delicious. Gaby loved it. Now she thinks I'm a good cook. We also drank a good bottle of wine. It was a perfect meal.

Gaby and I are ready to meet you and learn from your experience in France. We are really lucky to know someone like you. We're leaving for France next month and we don't want to make mistakes. Is Sunday still OK? Is it possible for you to come at 3 in the afternoon?

See you soon,

Rick

I immediately reply that I'm available at 3pm.

He sends me his address.

I reply with five emojis: a soccer ball, a heart, a French flag, a cowboy hat and a champagne bottle. I set my mobile phone on the kitchen table. I have to get ready for this appointment. I don't know if I'm qualified to give him advice. I have a little bit of impostor syndrome.

But now, it's too late. I accepted.

I want to organize my thoughts. I take a sheet of paper and a pen, and I settle into the living room. I write at the top of the page: My Advice for a Perfect Trip to France. And then, nothing. I stare at the blank page for a long time. I don't have a single idea. I sit motionless for exactly 90 minutes, without writing anything. A complete blank.

Later I learn that 90 minutes is the exact length of a soccer match. A coincidence?

CHAPTER 3 EXERCISE

Alice is straightening up her apartment. She's cleaning her bathroom.

Here is a list of ten items. Which ones are rarely found in a bathroom? I'll give you a hint: there are four.

1. soap
2. nail clippers
3. a ball
4. a sink
5. cleats
6. shin guards
7. a razor
8. a whistle
9. a hair dryer
10. a faucet

CHAPTER 4

Today's the day I'm going to meet Rick and his fiancée.

I'm at the River Oaks neighborhood, one of the toniest neighborhoods in Houston. The homes here cost several million dollars. I park my car at 1178 Kirby Drive. My old Toyota Prius contrasts with the Mercedes and BMWs parked in the street.

Rick and Gaby's house is enormous. It looks like a castle. The façade is made of stone. I look up to count the windows. There are 26.

To the right and the left of the front door are little gas lamps. The flames lend a stylish touch to the house.

"Where's the doorbell?" I wonder aloud.

Just then, the door opens automatically. I take one step into the entrance.

"Hello," I say.

Silence. No answer.

"Is anyone home? Mr. Johnson?" I say louder.

I have no intention of going into the house. It's too dangerous. I know about Texans and their firearms.

"Hello!" I say louder. "Is anyone here?"

In front of me, I see a large wooden staircase leading upstairs. The floor is made of pink marble. The room is lit by a crystal chandelier that's bigger than my apartment.

At the top of the stairs, I finally see two people approaching. They come down, hand in hand, like a king and queen.

"Hello!" says Rick. "Come in. Welcome to our home! Thank you for accepting our invitation."

Rick is exactly the same as when I met him last week at the library. He's wearing his Houston Dynamo orange jersey, shorts, and athletic socks.

Rick's fiancée is a pretty woman. She's a brunette with long, curly hair. She has blue eyes. She's wearing a white dress and has a diamond the size of a golf ball on her finger.

"This is my fiancée, Gaby Texas," Rick says.

"You have the perfect last name for living in this part of the United States," I say. "Nice to meet you, Ms. Texas."

"Gaby," Rick announces, "I'd like you to meet Ms... Ms..."

He can't remember my name. I'm a little offended, but I forgive him. He doesn't have a good memory. He must have taken too many blows to the head during soccer games.

"Ms. Hunt," I say. "Ms. Alice Hunt."

"Of course, Ms. Hunt!" he repeats. "Ms. Hunt works at the library. She's a specialist in French culture."

"Don't exaggerate!" I say, blushing.

"You're too modest, Ms. Hunt," adds Rick. "Follow us. We'll go sit down in the living room. It'll be quieter."

I wonder what kind of questions they're going to ask me.

CHAPTER 4 EXERCISE

In this chapter, Alice meets Gaby Texas, Rick Johnson's fiancée.

Can you choose the correct verb to complete these 5 sentences?

1: b. Rick va **poser** des questions.
Rick is going to ask questions.

2: b. Alice va **rendre visite à** Gaby et Rick.
Alice is going to visit Gaby and Rick.

As a general rule, use the expression « *rendre visite à* » (to visit) when visiting people, and use the verb « visiter » (to visit) when visiting a place. See also 4 below.

3: a. Alice va **prendre** un verre chez eux.
Alice is going to have a drink at their place.

4: a. Rick et Gaby vont **visiter** la France.
Rick and Gaby are going to visit France. See 2 above.

5: a. Madame Bleakers voudrait **assister** à un match de foot.
Ms. Bleakers would like to attend a soccer match.

CHAPTER 5

The living room walls are white. The coffee table is white. The rug is white. The vase and the flowers on the coffee table are white. In short, everything is white in this living room.

The three of us are sitting on a large white leather sofa.

"Rick and I are very happy to go to France," declares Gaby. "We're going to stay there for a month."

"Really? A month?" I say, surprised. "That's a long trip. Normally, Americans prefer to be away for a week at most. Which cities are you going to visit? Bordeaux? Nice? Lyon? Paris? Dijon?"

"We're going to stay for four weeks in the city of 'Rhymes,'" says Rick.

"What city?" I ask him.

"The city of 'Rhymes,'" he says.

"I don't know that city. Rick, can you spell the name?"

"R... E... I... M... S...," he says.

"That's not the right pronunciation," I tell him. "You pronounce the name of the town like the English word 'dance,' but with an R instead of a D."

"Really?" Gaby adds, surprised. "I never would have guessed that."

"Merde, it's not easy to learn French," sighs Rick.

Rick is right.

"But why is the name of this town pronounced 'Rance'?" asks Gaby.

I remember reading an explanation in an old book bought at the flea market.

"The story goes that Louis XIV, who loved champagne, decided to change the spelling of the town's name so that the English wouldn't find it on a map. He didn't want the King of England to drink this precious wine."

I don't know if it's a tall tale, but I like that story. After a pause, I resume my questions.

"But why go to Reims for so long?" I ask them.

Gaby puts her hand on her fiancé's muscular thigh. Her diamond sparkles brightly throughout the room.

"I have to admit," Rick continues, "we're not going to Reims to drink champagne."

"Then why are you going to Reims? I really don't understand."

"I'm going to play in a match with the city of Reims football team."

This man is crazy. He'd rather play soccer than drink champagne!

"This can be an important step for his career," continued Gaby. "If the coach likes his style, he'll surely make him an offer. The Stade de Reims team plays in the first division. It's a very good team."

"That's true," adds Rick. "This trip is an extraordinary opportunity for my career. And I want to give myself the best chance of success. That's why I need you, Ms. Hunt."

"Maybe you need a soccer expert?" I tell them. "*I* don't know anything about soccer."

"But you know France," say Rick and Gaby.

"That's true. I know France well. But I don't go there to play soccer. I go to France to drink good wine and eat lots of cheese. In short, to have a good time!"

Of course, I don't tell them the whole truth. I don't tell them that on each of my trips, someone gets killed and I'm suspected of killing them. But hey, that's a minor detail.

"Ms. Alice," says Rick, "we might need a soccer expert in the future, but today we need a person like you. We can't wait to listen to you."

Resigned, I take out my notes.

CHAPTER 5 EXERCISE

In this chapter, Alice learns that Rick and Gaby are going to spend a month in Reims. Find the 5 secret words with these definitions. They start with the letters of REIMS.

1.Rat (rat)
A small rodent mammal with a very long tail. It likes to eat cheese.

2.Eau (water)
A colorless natural liquid made up of hydrogen and oxygen.

3.Ici (here)

The opposite of there.

4.Met (puts)

The third person singular present indicative form of the verb: mettre

5.Sang (blood)

Red liquid that circulates throughout the body.

CHAPTER 6

"When you enter a store, you need to say 'bonjour.' When you get into a taxi, you need to say 'bonjour.' It's part of French politeness."

"Bonjour Rick," said Gaby.

"Bonjour Gaby and bonjour Alice," added Rick.

Gaby and Rick smile broadly. They're happy. Their perfect teeth are as white as their sofa.

"Among coworkers," I continue, "you can shake hands or even, sometimes, kiss each other on the cheek."

"That's bizarre," says Gaby.

"Rick, you'll need to observe the other players on the

Reims team. Do soccer players kiss each other on the cheek or do they shake hands?"

Gaby looks at her fiancé and then she looks at me.

"Alice, do you really think soccer players kiss each other on the cheek to say hello?"

"I don't know," I reply, "but it's possible."

Rick abruptly stands up as if he'd sat on a cactus. Those horrible plants are everywhere in Houston.

"I would never kiss another soccer player. Out of the question!" he says.

He starts pacing around the sofa.

"Calm down, my love," Gaby tells him.

I find Rick's reaction completely ridiculous. What's he afraid of?

Rick is as red as a bottle of Tabasco sauce. Gaby motions to me to quickly change the subject.

"What do you like to do?" I ask them. "What do you do outside of soccer? How do you spend your Sundays, for example?"

Gaby touches the small cross that she's wearing around her neck.

"We belong to St. Mary's Church," she says. "All our friends go there. It's very important to us. We'd like to continue going to church in Reims."

"I hope you won't be disappointed," I tell her. "The atmosphere in French churches is a little different from the atmosphere in Texas churches."

The soccer player comes back and sits down on the white sofa.

"What do you mean?" he asks.

"I mean that the atmosphere is much more... more calm. When you walk into a French church, you see a lot of white hair. French churches are perfect if you want to make friends older than 80."

Rick and Gaby drop their smiles a little.

"Are there any clubs to play tennis?" asks Gaby, to change the subject. "I've been playing tennis since I was 15."

"That's right," says Rick, touching his fiancée's muscular arms. "Gaby is a tennis champion."

"Stop it, Rick."

"My dear, you're too modest. Gaby can play just as well with her left arm as with her right arm."

Rick caresses his fiancée's arms. He starts kissing her neck. I notice there's a hickey on Gaby's neck.

I think they've forgotten I'm there.

"I'm going to look into tennis clubs in Reims," I tell them as I get up.

"That's a good idea!" Gaby says with a sigh.

I leave Rick and Gaby on their sofa and quietly leave the living room.

CHAPTER 6 EXERCISE

Alice explains to Rick and Gaby that in France, many people kiss each other on the cheek to greet one another (se dire bonjour).

Can you conjugate the verb **se dire** (to say to one another, to say to oneself) **in the future indicative**?

je me dirai

tu te diras

elle se dira

nous nous dirons

vous vous direz

ils se diront

CHAPTER 7

Back in my apartment, I look at the two tickets that Rick gave me. They're for the next match between the Houston Dynamo and Austin FC, two soccer teams from Texas. I'm going to give them to my supervisor, Ms. Bleakers. To be honest, I'm a little depressed. I'm thinking back on my meeting with Rick and his fiancée. I'm not happy with myself. I was very negative. I have the impression that I didn't make Gaby and Rick want to go to France.

I should have talked to them about how kind the French are, how punctual public transportation is, and about the wonderful museums. I should have given more pluses about France: the beautiful landscapes, the exceptional food, and the art of living.

Because of me, they're going to stay in Houston, that's for sure. They're going to say no to this international career opportunity. I decide to put on some music. It's good for my mood.

I turn on my computer and I notice that I got an email from Rick and Gaby. I sit down to read it quietly.

Dear Alice,

Thank you for your presentation. We learned a lot thanks to you. We appreciated your realistic description of France. You didn't try to sugarcoat the situation. You didn't try to show us France through rose-colored glasses. Thank you for your honesty. Honesty is a rare quality.

We still have a lot of things to learn. That's why we would like you to come to France with us for a week.

Your plane ticket and hotel will be paid as well as a salary of $1000 for the week. We hope that you'll accept our proposal.

Your friends,

Rick and Gaby

Of course, I replied "Yes... a thousand times yes!" I'm so happy to help Rick and Gaby with their new project! It's going to be a fantastic experience!

CHAPTER 7 EXERCISE

Alice thinks she was too negative in her explanations about France.

Here are 7 sentences. Can you write them in the negative form?

Example : Je mange du pain. // Je ne mange pas de pain.
I'm eating bread. I'm not eating bread.

1. J'achète du fromage. // Je n'achète pas de fromage.
I'm buying cheese. I'm not buying cheese.

2. Je veux de la sauce de soja. // Je ne veux pas de sauce de soja.
I want soy sauce. I don't want soy sauce.

3. Je mange de la viande. // Je ne mange pas de viande.
I eat meat. I don't eat meat.

4. Je suis végétarienne. // Je ne suis pas végétarienne.
I'm vegetarian. I'm not vegetarian.

5. J'aime regarder le sport à la télévision. // Je n'aime pas regarder le sport à la télévision.

I like watching sports on TV. I don't like watching sports on TV.

6. J'ai assisté à un match de foot. // Je n'ai pas assisté à un match de foot.
I went to a soccer match. I didn't go to a soccer match.

7. Les joueurs de foot gagnent bien leur vie. // Les joueurs de foot ne gagnent pas bien leur vie.
Soccer players earn a good living. Soccer players don't earn a good living.

8. Les trains sont à l'heure. // Les trains ne sont pas à l'heure.
The trains are on time. The trains are not on time.

CHAPTER 8

I explained the situation to Ms. Bleakers. I asked her if I could take a few vacation days to go to France with the soccer player Rick Johnson and his fiancée, Gaby Texas. She replied "no" without giving me an explanation.

I don't understand why Ms. Bleakers doesn't want to approve my trip. I'm angry. I throw my purse on the floor and turn on my computer.

Ms. Bleakers comes into my office about as subtle as a pickup truck on a rodeo day.

She looks me in the eye. Her two hands are on her hips.

"I won't change my mind, Alice. My answer will always be no."

"Why though? It's only for 7 days!"

"Alice, I can't authorize this trip to France."

Ms. Bleakers is surely a little jealous.

"I need you at the library," she says. "End of discussion."

"It's only for a week," I add. "I'll be back very quickly."

"Out of the question! Stop, Alice. Change the subject."

Suddenly, I remember that I put the two tickets for the Houston Dynamo vs. Austin FC match in my purse. I take them out of my purse.

"Look, Ms. Bleakers, two VIP tickets for March 15th."

Her eyes become wider and wider. A bit like a child in front of a chocolate cake or an Englishman in front of a lukewarm beer.

"I'm giving them to you," I tell her.

"Really?" she says. "That's wonderful."

"Mr. Johnson told me that with these tickets, you can visit the locker rooms."

"Visit the locker rooms?"

"Exactly," I add, "the locker rooms."

"A visit to the locker rooms after the match?" she asks.

"After the match," I confirm.

I can tell that Ms. Bleakers is thinking. She's imagining naked soccer players. They're muscular and covered with sweat. They're ready for the shower. A feast for the eyes.

My supervisor continues thinking for a few seconds. I have to act quickly.

"If I go to France with Rick Johnson, he promised to give me other VIP tickets for even more important games."

Ms. Bleakers surrenders.

"I agree to approve this trip," she says, "but only for 6 days. Not a day more."

Victory! I'm going to France!

CHAPTER 8 EXERCISE

Ms. Bleakers lets Alice accompany Rick and Gaby to France. Ms. Bleakers is nice.

Complete these sentences with the right adjective.

1. Les billets sont chers. — *The tickets are expensive.*

2. La France est un beau pays. — *France is a beautiful country.*

3. Reims est ma ville préférée. — *Reims is my favorite city.*

4. Les maisons sont petites. — *The houses are small.*

5. Le foot est un sport dangereux. — *Soccer is a dangerous sport.*

6. Les footballeurs ont des cuisses musclées. — *Soccer players have muscular thighs.*

CHAPTER 9

I arrived in France.

At Roissy-Charles de Gaulle airport, I retrieve my black suitcase. It's going around with the other black suitcases.

After passport control, I go towards the SNCF train station.

Once I reach the station, I get on the train, heading to the city of Reims.

My train leaves from track 6 at 11:48. There are no delays. There's no strike. I'm lucky. It's perfect.

Passengers push their suitcases on track 6 and board the high-speed train TGV INOUI 6789.

I sit in car 12, seat 43. I let out a long sigh. I can finally relax, but I must not fall asleep. I don't want to miss the Reims station.

The man sitting next to me is wearing a hat and a white shirt. He must be 75 years old. He's reading a sports magazine. I wonder if I can ask him two or three questions about soccer. Plus, if I talk with him, I'm sure I won't fall asleep.

"Excuse me, sir," I say to him. "Do you play soccer?"

He looks at me, surprised.

"What a strange question, ma'am. Why are you asking me? Are you putting together a team to organize a game on this train? A match between car 12 and car 11, maybe?"

I realize that my question is a little weird.

"No, not at all," I reply, "I'm just looking for someone to explain to me the rules of the game. I'm American."

"You're American," he repeats with a handsome smile. "Well, look no further, Ma'am. You've found the right person. I'll explain everything to you."

The man closes his magazine.

"Dear Madam," he says, "on each team, there are 11 players: forwards, midfielders and defenders. Each team also has a goalkeeper. The object of the game is to score a maximum of goals."

"Very interesting," I say, while thinking the opposite.

"When both teams score the same number of goals or when they don't score any goals, the game is declared a draw. A draw can be followed by extra time where they play longer, or by a penalty shoot-out. Do you understand?"

"Yes, of course," I reply.

I 'm having trouble keeping my eyes open.

The guy talks to me throughout the whole trip. He draws different game strategies on his magazine cover. He uses vocabulary words that I've never heard before today: free kick, penalty area, offsides... I don't understand any of it, but I'm too polite and too tired to tell him.

"The greatest soccer player of all time," he says, "is of course the famous..."

"It's the Reims train station!" I shout. "I've arrived! Thank you so much for explaining it all, sir. That was really nice of you."

"Don't thank me, dear madam. It's my pleasure," he tells me a bit sadly. "Soccer is my passion."

CHAPTER 9 EXERCISE

Alice is in the TGV INOUI train 6789. Her seatmate, a man who's around 75 years old, explains to her how to play soccer.

Can you write out in letters and, of course, in French, these numbers?

Example: 6789 : six mille sept cent quatre-vingt-neuf

988: neuf cent quatre-vingt-huit

1929: mille neuf cent vingt-neuf

2028: deux mille vingt-huit

375: trois cent soixante-quinze

750: sept cent cinquante

CHAPTER 10

At the Reims station, I get into a taxi. After about 10 minutes, I'm in front of the Hotel de la Paix. It's a large, five-story building. I've finally arrived!

I go into the hotel. The lobby is decorated with lots of champagne bottles.

"Am I in heaven?" I ask the woman at the reception desk.

She looks at me without smiling. She's wearing a black sweater. Her hair is pulled back in a severe bun.

"Welcome to Hotel de la Paix," she says.

"Thank you," I say to her. "I would like a room, please."

"The hotel is full, Ma'am."

"I have a reservation. My name is Alice Hunt."

The woman looks at her computer screen for two long minutes.

"Sorry, I can't find a reservation under the name of Hunt."

"Are you sure?" I ask.

I start sweating a bit.

"H, U, N, T," I spell out.

"I'm sure. I can't find a reservation with that name."

Suddenly, I wonder if Rick booked my room under his name.

"Can you check under the name Johnson? Rick Johnson?"

The woman looks at her computer screen.

After a few long minutes, she leans towards me.

"I found two rooms under the name of Mr. Rick Johnson."

"Perfect, one of these rooms is for me."

"One moment," she says. "There's a note with this room reservation."

The woman silently reads the message on her computer screen. Then, she looks at me with a weird smile. I don't understand this smile, but it's not important. The woman gives me the room key.

"You have room 371, Ms. Hunt," she says. "It's on the third floor, on your left as you exit the elevator."

"Thank you."

"Do I also need to give a key for your room to Mr. Johnson?" she asks me while winking at me.

"Absolutely not!" I reply.

It's stupid, but I feel obligated to give an explanation. And unfortunately, I'm tired and I don't say it simply.

"I work for Mr. Johson," I start. "He's American. He's very good-looking, I mean, he's very good... he's young... he could be my son."

"Hmm," she says, "so in the US, older women like younger men too?"

"No... I'm saying that I could be his mother."

"Just like here in France, then?"

This woman doesn't get it.

"Do you know Mrs. Brigitte Macron?" she asks me.

I quickly take my room key.

"Thank you," I tell her.

And I disappear into the elevator.

CHAPTER 10 EXERCISE

Alice Hunt finally gets to Reims. She's going to stay in the Hotel de la Paix.

Here is a list of 10 objects. Translate these 10 words in English and find three animals that don't belong in a hotel room.

un verre — a glass
une tique — a tick
un matelas — a mattress
un oreiller — a pillow
un drap — a sheet
un requin — a shark
un cintre — a hanger
un cobra — a cobra
un coffre-fort — a safe
une lampe — a lamp

CHAPTER 11

My room is small and it appears to be very clean. It has a bed and a pretty wooden desk. On the wall, facing the bed, there's a television.

I text Gaby to tell her that I've arrived in Reims. She immediately replies that Rick is at soccer practice. We agree to meet at 6pm at the hotel bar. Gaby and Rick arrived in France a week before me. They must have a lot of things to tell me about.

I look at my watch. It's only 4:30. I have time to take a bath. I need to relax in a good, hot bath.

The bathroom is tiny. And unfortunately, there's no bathtub. There's just a small shower in a corner. That's too bad. But I psych myself up by telling myself that showers are better for the environment. I must be ecologically responsible. So, let's go for a good hot shower.

I start by getting undressed. I take off everything: my sweater, my shirt, my pants and my socks. I step towards the shower and push the little glass door to go in. I don't understand. The door doesn't open all the way. It's just not enough to get in. I push again and again. I don't want to break the door. I try to open it a few times, but with no luck.

Little by little, one leg after the other, I get into the shower. The shower stall is really narrow. I feel like I'm in an English phone booth. Now, I have to figure out how the shower works. Do I need to turn the knob to the right or the left to have hot water? I say a little prayer to the god of plumbers and I turn the knob to the left. Yikes! The water is ice cold. I let out a yelp. I quickly turn the shower knob to the right.

Finally, the water is the right temperature. What a pleasure to take a hot shower after a long plane trip!

After a long time, I shut off the water. Now I hope I can get out of the shower without difficulty. I'm ready to fight against that door. I count to three and I push the door as hard as I can. The door flies open.

"Shit!" I yell, before falling on the bathroom floor.

I get up slowly.

"What an idiot!" I say.

I just realized that the shower door opens outward and not inward.

I dry my hair. I choose clean clothes from my suitcase. I get dressed. It's almost 5:30pm.

At 6pm, I go downstairs to meet Rick and Gaby at the hotel bar. A glass of champagne would do me some good.

CHAPTER 11 EXERCISE

Alice has to fight (*se battre*) to get into the shower. Can you conjugate the verb to fight (*se battre)* in the present indicative tense?

je me bats
tu te bats
il se bat
nous nous battons
vous vous battez
ils se battent

CHAPTER 12

When I get to the hotel bar, I notice right away that Rick seems tired and discouraged. He's as sad as a cowboy who's been banned from the rodeo.

Gaby is sitting next to him. She twirls the big diamond ring around her finger several times. I've noticed that this is something that rich women often do when they're stressed.

Rick looks at his feet. Gaby sees me enter the bar. She waves at me.

"Hi Alice," says Gaby. Did you have a good trip?"

"The trip went well, thanks. And you? How are you?" I ask.

"OK," she replies in a monotone.

"Did you play tennis?"

Just before they left for France, I was able to find a perfect tennis club for Gaby.

"Not yet," she tells me, smiling, "but soon."

"Rick, how's this first week going in Reims?" I ask him.

"Horribly," Rick replies.

"Really?" I ask, surprised. "Tell me about it."

"First of all, my coach, Michel Hidolga, is an angry man."

Rick removes his shin guards and puts them on the table.

"Second of all, Mathieu Kovac is violent."

"Who is Mathieu Kovac?" I ask.

"He's the player Rick has to replace on the team," says Gaby.

"If I sign for the Reims team," adds Rick, "It's to replace number 17, Mathieu Kovac. Of course, Mathieu isn't on board and he's making my life difficult."

"The situation isn't easy for Rick," adds Gaby. "I wonder if we did the right thing coming to France. I don't like to see Rick like this."

A waitress arrives.

"Would you like something to drink?" she asks us.

"A glass of milk," Gaby replies.

"The same thing for me," says Rick.

The waitress gives me a surprised look. She doesn't see adults ordering milk very often in Reims. Fortunately I'm there to show that there are Americans who know how to live.

"A glass of champagne for me, please," I reply with a big smile.

Rick rubs his hands on his face.

"I spent this first week with angry people, negative people," he says. "Are the French all like this?"

"Not at all, there are lots of happy, positive French people," I tell him. "Look at the folks over there, for example."

Next to us, four friends are celebrating a birthday. They're all wearing funny little candle-shaped hats. We watch them. Their waitress arrives with a bottle of champagne. They all applaud.

"Look, Rick," I say, "there are happy French people. There's the proof."

The waitress opens the champagne bottle. The friends raise their glasses and shout "*Feliz cumpleaños, José!*"

CHAPTER 12 EXERCISE

The first week of practice didn't go well for Rick. Gaby wonders if they did the right thing coming to France.

Complete the sentences with either the adverb **bien (well)** or the adjective **bon (good).**

C'est un bon champagne.
This is a good champagne.

Rick n'a pas bien joué.
Rick didn't play well.

Bon anniversaire, disent les invités.
Happy birthday, say the guests.

Gaby et Rick ne comprennent pas bien la culture française.
Gaby and Rick don't understand French culture well.

L'entraîneur ne parle pas bien à ses joueurs.
The coach doesn't speak well (or talk nicely) to his players.

CHAPTER 13

Last night I offered to accompany Rick to his soccer practice. I want to help him improve his relationship with his new team and his coach. After all, that's the reason why I'm in Reims.

This morning, I wake up early. I look in my suitcase to choose appropriate attire for a soccer field. Fortunately, I brought a tracksuit and sneakers with me. I also put an orange T-shirt in my suitcase, which is the color of the Houston Dynamo, Houston's soccer team. With a bit of luck, when Rick sees my T-shirt, he'll think it's a good idea.

I leave my room and meet Rick in the hotel dining room. He's having his breakfast: coffee with milk, an omelet and toast.

"Good morning, Rick, did you sleep well?" I ask him.

Rick looks up from his plate.

"Good morning, Alice. I slept fairly well. The mattress is too small for me. It's not very comfortable. In Texas, beds are twice as big."

"What are you eating?" I ask him to change the subject.

"An omelet with mushrooms and cheese," he says to me.

"It looks good."

"This omelet is too small for me," he says to me. "In Texas, omelets are twice as big."

Everything's bigger in Texas: beds and omelets!

I show Rick my T-shirt.

"You see, Rick?" I say. "This color?"

He looks at my T-shirt, but he says nothing. His face is expressionless.

"Don't you notice anything, Rick?"

"No," he says. "Nothing."

"The color doesn't remind you of anything?"

He stares intensely at my T-shirt.

"No, your T-shirt doesn't remind me of anything," says Rick.

"And this orange color?"

"Ah yeah," he finally says, "The Home Depot store!"

Maybe Rick's a good soccer player, but he's not very observant. He's not the sharpest knife in the drawer.

"No, it has nothing to do with the famous hardware store. This orange color is the color of the Houston team!"

Rick looks at me with sad eyes and he utters a sentence that I've rarely heard in my life.

"I miss Houston," he says.

CHAPTER 13 EXERCISE

Rick is sad. He's longing for Houston.

Complete the following sentences with the adverb **mal (badly)** or the adjective **mauvais (bad).**

C'est un mauvais restaurant. J'ai eu un empoisonnement alimentaire la dernière fois que j'y ai mangé.
It's a bad restaurant. I got food poisoning the last time I ate there.

Je joue mal au foot.
I play soccer badly.

Alice lit un mauvais livre. Elle devrait lire *Petit Déjeuner à Paris* de France Dubin.
Alice is reading a bad book. She should read Petit Déjeuner à Paris *by France Dubin.*

En ce moment, je dors mal. Je dois me coucher plus tôt.
Right now, I'm sleeping badly. I need to go to bed earlier.

Les mauvais croissants n'existent pas en France.
Bad croissants don't exist in France.

CHAPTER 14

Rick and I get to the stadium at 10 in the morning. It's raining a little. For the moment, the stadium parking lot is empty. I don't see a single player on the field. It's perfect. We are the first ones here.

We get out of the car. Rick takes his athletic bag from the car's trunk and we go into the stadium. On the green grass of the football field, Rick gets his smile back a little.

"I'm going to change in the locker room before the other players get here," he tells me. "I'll be back in 10 minutes."

"OK, see you shortly. I can't wait to see you play."

While Rick puts on his soccer player uniform -- shorts, a T-shirt, shin guards and cleats – I stroll around the stadium.

On the ground, next to the stands, I see pretty little white flowers. They look like daisies, but they're smaller. These flowers are called lawn daisies. They're very delicate. Looking down at the ground a little more, I see a few ants, a ladybug, and a cute little snail. I love observing the life that's often invisible under our feet.

When I look up, I notice two men talking together near the locker rooms. They just arrived. One of the men is wearing a suit jacket that he can't button because of his large belly.

"There's no way," he yells. "It's a catastrophe."

The second man has salt-and-pepper hair. He's wearing a red T-shirt, black shorts and sneakers. If I had to guess, I'd say he's the coach.

Little by little, I walk towards them. I want to hear what they're saying.

"You're an idiot," says the man with the big belly. "You're as useless as a fly!"

On that point, I disagree, because flies are very useful! They help pollinate certain plants and they serve as food for birds, frogs and fish. But I don't say anything. I move quietly towards the two men.

"But Mr. Klikot..."

"Be quiet, Michel. Because of you, we're going to lose everything. If we don't win the next match, we get demoted to the second division."

"But Mr. Klikot..."

"If things don't improve, I'm going to have to change coaches."

"But that's not possible. My contract is for 5 years."

"I'll find a solution," the man says in a menacing voice.

At that very moment, Rick comes out of the locker room. The two men stop talking immediately. They each walk away in opposite directions without saying goodbye.

CHAPTER 14 EXERCISE

Alice and Rick have arrived (sont arrivés) at the stadium for practice. In this sentence, we add the letter "s" to the past participle of the verb **arriver** to indicate that the subject is plural. When the auxiliary is **être**, the past participle agrees in number and gender with the subject. That's not the case if the passé composé uses the auxiliary **avoir**.

Choose the right spelling of the past participle in these sentences:

1. Rick et Gaby sont **restés** dans un hôtel du centre-ville.
Rick and Gaby stayed in a downtown hotel.

2. Gaby Texas a **mangé** une petite omelette ce matin.
Gaby Texas ate a small omelet this morning.

3. Alice et Gaby ont bien **dormi** cette nuit.
Alice and Gaby slept well last night.

4. Alice est **arrivée** récemment à Reims.
Alice recently arrived in Reims.

5. Rick et Gaby sont **venus** du Texas.
Rick and Gaby came from Texas.

6. Les deux hommes ont **parlé** fort.
The two men spoke loudly.

7. Les deux hommes sont **partis** dans deux directions opposées.
The two men left in two opposite directions.

CHAPTER 15

I choose a lawn daisy. I pull off the petals of the little flower one by one. Will I be happy with this trip to France?

"A little, a lot, passionately, insanely, not at all, a little, a lot, passionately, insanely, not at all..."

Rick motions for me to come over. He looks worried. I wonder if he heard the discussion between the two men next to the locker room. They were really angry.

Rick looks at his feet. He's stressed out. I'm starting to figure him out.

"Is something wrong?" I ask him.

"There's no way," he says to me. "It's a catastrophe."

Those are exactly the same words I heard two minutes ago.

"What's going on, Rick?"

"Look, Alice," he says to me, showing me his legs.

"I don't see anything."

"It's obvious."

"What?"

"I've gained weight," he says, depressed.

"You're joking, I hope. Your legs are superb."

I look closer at his thighs.

"Your legs are perfect," I add. "They are the legs of a champion!"

I feel like I'm a judge at the Houston rodeo. Who'll win the blue ribbon for the best-looking legs in the neighborhood?

"I had trouble putting on my shorts," he says. "They're too tight because I'm eating too much cheese."

I think that Rick is exaggerating. He's only been in France for a week.

"And when I'm stressed, I gain weight," he tells me sadly.

This man really needs to be reassured. To change the subject, I ask him:

"Tell me, Rick, who were the two men next to the locker room?"

"The man with the red T-shirt is Michel Hidolga, my soccer coach. The other one, Mr. Klikot, is the team owner."

"He must have a lot of money to be the owner of a soccer team?"

"Yeah, he's one of the richest men in the area. He made his fortune in champagne."

It's not yet eleven in the morning and I'm already thirsty for a nice glass of champagne.

"Is Mr. Klikot married?" I ask.

"No, he's a widower," says Rick.

I'd really like to meet this widowed Klikot!

CHAPTER 15 EXERCISE

Rick is afraid he's gained weight (avoir grossi). He needs to be reassured.

Here are a few expressions with the verb avoir (to have). Choose the correct translation.

1. avoir tort - **to be wrong**

2. avoir du culot - **to be bold**

3. avoir honte - **to be ashamed**

4. avoir le cafard - **to be depressed**

5. avoir la flemme - **to be lazy**

CHAPTER 16

The coach, Mr. Hidolga, is on the field with his players. He has his hands on his hips. He's not smiling. To be honest, he looks like a bear. He's scary.

"Guys, to warm up, run ten laps around the field. Go! Get on with it. We're not here to pick daisies. You bunch of lazy bums!"

The players immediately take off together. They take two, three, four laps around the field.

"Etienne, wake up," yells the coach. "I'm sure your grandmother runs faster than you!"

The ten laps are over quickly. The players come back to the center of the field. They're panting. They're sweating.

"Now," says the coach, "you're going to sprint the length of the field while kicking the ball. Let's go, five times back and forth!"

The players run at top speed, one after the other.

"Dylan, you kick the ball like a little girl!" yells the coach.

Michel Hidolga taps his hands.

"Mathieu, move your ass! Old man, I don't know if you're good enough to stay on the team. You're worthless. You're bad. A nothing. Zero."

Michel Hidolga stamps his feet.

"Hakim, we're not here to take a nap. Goddamn it!"

The coach is aggressive and rude to all the players.

"Shit. Who gave me this team of chicks?"

He's constantly insulting them. He yells at them.

"Jonathan, quit soccer. It's not the sport for you. Have you tried ping-pong?"

Mr. Hidolga is a real pitbull.

"Rick Johnson, what are you waiting for? They told me you were the fastest player in Texas. My six-year-old son runs faster than you."

The coach asks the players to follow him to the stands.

"We're in a tough spot," he says, his hands still on his hips. "If we lose the next match against Saint-Etienne, we'll be in the second division. Mr. Klikot is not happy with your results."

The players remain silent.

"As you know, we have a new player to finish the season: Rick Johnson, the Texan. He'll take Mathieu Kovac's place for the next game."

Player number 17, Mathieu Kovac, looks furious. He gets up. He spits on the ground and disappears into the locker room.

What an atmosphere!

CHAPTER 16 EXERCISE

The coach is scary. He's aggressive with his players.

Here are 5 expressions. Do you agree with the English translation?

1. Va au diable ! TRUE. This expression means "Go to hell!"

2. Je m'en fiche ! TRUE. This expression means "I don't give a damn!"

3. Ferme-la ! FALSE. This expression means "Shut up!"

4. Tu as merdé ! FALSE. This expression means "You messed up!"

5. Barre-toi !TRUE. This expression means: Get lost!

CHAPTER 17

L ate in the afternoon I meet Rick and Gaby at the hotel restaurant. They both look as tired as a one-legged man in a butt-kicking contest. They're sitting there, motionless, in front of their two glasses of milk.

"I'm dead," sighs Rick.

"Oh God no, please don't say that," I say.

Every time I travel to France, there's a catastrophe. I would love for this trip to be drama-free and death-free. I move closer to Rick to check that he's still breathing.

"Rick? Are you OK?"

"Alice, don't take everything so literally. I'm just dead tired."

Rick ran on the soccer field all day long. He's exhausted. I watched him play this afternoon. He's a really good player. He's fitting in better and better with the team. All his team-mates appreciate him -- all except number 17, Mathieu Kovac.

"The coach didn't insult me today. That's progress."

"That's very positive," I add.

"I think it's thanks to you, Alice."

"Thanks to me?"

"Exactly. I think Mr. Hidolga pays attention to what he says in front of a woman."

Gaby looks tired too. She took off her shoes and socks. She's massaging her feet. It's not really appropriate to massage your feet in a restaurant.

"My feet hurt. I hit all the stores in Reims. I bought three purses, an evening gown and my favorite perfume."

"Which perfume?" I ask her.

"Poison by Dior."

Gaby takes out a bottle of perfume from her bag. She opens it and sprays some on her feet.

"My feet smell really bad," she says.

Now we're surrounded by the strong smell of feet and tropical flowers. Not very appetizing.

The couple dining next to us look at Gaby. They're horrified. I'm also very embarrassed myself. We're in a fancy French restaurant after all!

"Look," she suddenly says to me while showing me her watch. "Today, I took 25,978 steps."

"In Houston, it would take you eight years to do that much," adds Rick.

The waitress comes to see me.

"Would you like something to drink?" she asks me.

"A large glass of champagne, please. I love champagne."

After the waitress leaves, Rick turns towards Gaby and me with a big smile.

"I almost forgot. Tomorrow evening, all three of us are invited to Mr. Klikot's castle. He's throwing a big party. All the players on the Reims team will be there."

Gaby and I look at each other with a large smile.

"I'll be able to wear my evening gown!" says Gaby.

"And *I'll* be able to drink champagne!" I add.

CHAPTER 17 EXERCISE

Alice, Gaby and Rick are invited to a party. That sentence is in the passive voice.

Can you write these sentences in the passive voice?

Example: Gaby bought Christian Dior perfume.
Christian Dior perfume was bought by Gaby.

1. Alice boit une coupe de champagne.
Une coupe de champagne est bue par Alice.
Alice is drinking a glass of champagne.
A glass of champagne is being drunk by Alice.

2. Le chef cuisine deux crêpes.
Deux crêpes sont cuisinées par le chef.
The chef is cooking two crêpes.
Two crêpes are being cooked by the chef.

3. Rick a mangé une omelette.
Une omelette a été mangée par Rick.
Rick ate an omelet.
An omelet was eaten by Rick.

4. L'équipe de foot de Reims va gagner la coupe.
La coupe va être gagnée par l'équipe de foot de Reims.

The Reims soccer team is going to win the cup.
The cup is going to be won by the Reims soccer team.

5. L'arbitre va mettre un carton rouge.
Un carton rouge va être mis par l'arbitre.
The referee is going to give a red card.
A red card is going to be given by the referee.

CHAPTER 18

This morning Rick went to soccer practice alone. He left me a message at the reception desk asking me to enjoy the day and visit the city.

Perfect!

I decide to start with the cathedral. It's spectacular. I learn that it was completely destroyed during World War I and was rebuilt thanks to the American billionaire John D. Rockefeller Jr.

I wonder if today's American billionaires help rebuild historic monuments? Or do they prefer buying yachts and penthouses for their personal use?

After the cathedral, I visit champagne cellars. There too, I learn a lot of things about how they produce this marvelous wine. For example, there are several sizes of bottle and each has a different name. The little bottle of 0.37 liters is a Demi, and the 12-liter bottle is called a Balthazar. Of course, the visit to the cellars ends with a tasting. It's paradise!

Early in the evening, I meet Rick and Gaby at the hotel restaurant. Rick seems to be in a bad mood.

"The team coach told me that I played badly today!"

"Shit!" I say.

People in the restaurant look at me. I spoke a little loudly.

"Sorry! It's because of the champagne," I say, smiling.

Gaby takes Rick into her arms.

"My love," she says, "go take your shower. We need to leave soon for the party at the castle."

"I'd completely forgotten about this evening," I say.

"Alice, let's meet in the lobby of the hotel in 45 minutes," she says to me. "OK for you?"

"That's perfect," I reply.

I don't have a minute to lose. I jump into the elevator. I go into my room. I get undressed. I open the shower door. I slide inside with my soap and shampoo. I wash up. I get out of the shower. I dry myself off. I put on the blue dress that I bought at Goodwill two years ago. A little mascara, some lipstick and I'm ready!

In the hotel lobby, I recognize Rick easily. He's wearing a black suit and patent leather shoes. He's very elegant. As for Gaby, she's wearing a black dress and a long gray coat. They're truly a beautiful couple.

"Let's go," he says. "They're waiting for us at the castle."

Outside, it's raining hard.

We catch a taxi and get to Mr. Klikot's place thirty minutes later.

Mr. Klikot's home is a genuine castle from the Middle Ages. On the side, there's a small parking lot where a dozen luxury cars are parked: Maseratis, Mercedes, and Porsches.

The three of us get out of the taxi. It's raining more and more. A flash of lightning followed by a thunderclap makes us jump.

Gaby is walking in front of me. I smell her Poison by Dior perfume despite the rain and wind.

"A real castle!" she marvels.

"You don't see that in Houston," says Rick.

We go over the drawbridge. A man dressed in a valet uniform offers to take our wet coats.

"I feel like I'm a princess," says Gaby.

"Would you like some champagne?" another man asks us.

"With pleasure," I reply.

Rick and Gaby look at me and ask for a glass of milk.

We go into a large room. The walls are covered with tapestries from the Middle Ages. Rick, Gaby and I advance cautiously. In the room, I recognize some of the players from the Reims team.

In the back of the room is a large stone fireplace. To the right and the left of the fireplace we can see two enormous sculptures in the shape of champagne bottles. These bottles are as big as Rick.

"These sculptures are really quite unique," says Gaby, with wonder. "I like them a lot."

"Me too," says her fiancé. "They're made of metal. That's very elegant and modern."

Rick is captivated by these two giant bottles. Maybe he's thinking of doing the same thing in his home in Houston!

Rick can't see right away that three men are coming toward him: the coach, the team owner and Mathieu Kovac, the player number 17.

Mathieu Kovac looks at Rick menacingly.

"Here's our American player," says player number 17 with a little laugh. "He must eat too many hamburgers, because he doesn't run very fast."

Rick's shoulders fall.

"Pleased to meet you," says Mr. Klikot, shaking his hand.

"Thank you for the invitation," says Rick. "It's very nice of you. I'd like to present my fiancée, Gaby Texas, and my friend, Alice Hunt."

"Have you tasted my champagne?" asks Mr. Klikot.

But before he can reply, the lights in the room go out. It's total darkness.

"Don't panic. It must be the storm," says Mr. Klikot.

Suddenly, we hear a loud noise and at the same time, the floor shakes. It's as if an extremely heavy object fell on the ground.

CHAPTER 18 EXERCISE

Alice, Rick and his fiancée arrived at the castle. They are amazed by the enormous bottles decorating the fireplace.

Choose the correct verb to complete these sentences.

Gaby, Alice et Rick **ont pris** un taxi.
Gaby, Alice, and Rick took a taxi.

Rick **est arrivé** au château.
Rick arrived at the castle.

Gaby **a demandé** un verre de lait.
Gaby asked for a glass of milk.

Rick **est entré** dans la grande salle.
Rick entered the great hall.

Rick et Gaby **ont été émerveillés** par les énormes bouteilles de champagne.
Rick and Gaby were amazed by the huge bottles of champagne.

CHAPTER 19

When the lights finally come back on, I notice right away that one of the enormous sculptures is on the floor.

"Is someone hurt?" asks Rick, worried.

Around me are Gaby, Mr. Klikot and Mathieu Kovac. But Mr. Michel Hidolga, the coach, isn't with us.

I walk around the champagne bottle.

"Look!" I yell.

With horror, I see the soccer coach's body. He's lying on the ground. He's not moving. Blood is flowing from his head. I put my fingers on his jugular vein. No pulse. Nothing.

"I think he's dead," I say.

"Are you sure?" asks Rick.

"The bottle fell on the poor man," says Gaby.

"That's impossible," says Mr. Klikot.

"My God," says Mathieu Kovac.

I notice that player 17 is sweating profusely.

Rick is on his knees. He's performing CPR. He sings the Bee Gees song Staying Alive to mark the rhythm of his movements.

Even after several minutes of chest compressions, the poor coach still isn't breathing.

"Call an ambulance," I say.

"Call the police," says Mr. Klikot.

The guests wonder what's going on.

"Is there a doctor in the house?" someone asks.

Mr. Klikot taps his hands to silence everyone.

"My friends, my friends, an unfortunate accident just happened. Our dear coach is dead. I ask you not to leave the castle before the police arrive."

We wait for the police while waiters pass through the ball-room with champagne glasses.

CHAPTER 19 EXERCISE

In this chapter, Rick Johnson gives CPR to his coach to try to resuscitate him.

Find the right translation for these words.

1. un cœur : *a heart*
2. une crise cardiaque : *a heart attack*
3. le sang : *blood*
4. le bouche-à-bouche : *mouth-to-mouth*
5. la tension artérielle : *blood pressure*
6. une artère : *an artery*
7. un défibrillateur : *a defibrillator*
8. un électrocardiogramme (ECG) : *an electrocardiogram (ECG, EKG)*

CHAPTER 20

The police commissioner arrives quickly. He's a thin man and tall as a bean stalk.

"My colleagues will take down contact details of all your guests," he says to the castle's owner.

While the police take guests' last names, first names and phone numbers, the commissioner studies the situation. He tries moving the enormous sculpture in the shape of a champagne bottle, but without success. It's too heavy.

The commissioner takes notes in a little green notebook. After about 15 minutes, he comes towards us.

"Mr. Klikot," he says, "you're a celebrity in the area."

"Don't exaggerate, Commissioner!"

"I love your champagne," adds the policeman. "My wife and I often buy it when we have friends over at our house."

"I'm happy to hear that. It's a very good champagne, indeed."

The two men continue to talk as they look at their champagne glasses.

"Your champagne is generous and elegant, Mr. Klikot."

"It's true. It's timeless and exceptional."

"It touches the soul."

"It touches the heart."

After several long minutes, the commissioner finally opens his little green notebook.

"Can you give me the list of people who were next to Mr. Hidolga a few minutes before he died?"

"Of course, there was Mathieu Kovac, Rick Johnson, his fiancée Gaby Texas, the couple's friend, an American named Alice, I think, and myself."

The commissioner grabs another glass of champagne from the tray of one of the waiters who passes by.

"Can we go in a more private room?" the policeman asks us.

Mr. Klikot motions for him to follow.

"We'll be more at ease here," replies Mr. Klikot, opening a small door to the right of the fireplace.

"Gentlemen, ladies," the commissioner says to us. "If you would please come with us."

Our little group walks towards the door. The room is dark. In the middle is a long red sofa.

"Sit here," the policeman tells us.

Gaby, Rick, the widower Klikot, Mathieu Kovac and I take our places on the sofa.

"You were next to Mr. Hidolga just before the accident, right?"

"Yes," we reply in unison.

"How much does one of those superb metal sculptures weigh?" the commissioner asks the castle's owner.

"Each bottle weighs about 200 kilos," replies Mr. Klikot. "It was the artist Claire Bulle who designed them."

"Its hard to believe that a bottle that weighs about 200 kilos falls on its own," the policeman adds.

"Maybe there was a gust of air because of the storm?" says Mathieu Kovac.

"To knock down a 200 kilo object," I say, "would take more like a category 5 hurricane."

The policeman empties his champagne glass.

"I think instead," he says, "that we are looking at a murder."

We let out a scream of surprise.

"Since you were all next to Mr. Hidolga, there's a good chance that the murderer is on this sofa."

The policeman looks us each in the eyes, one after the other.

"Of course, you and you," he continues, pointing at Gaby and me, "are not on the list of suspects."

"Why is that?" I ask, slightly bothered.

"Because you are women. I can't imagine you managing to push a 200 kilo object!" he says, smiling. "That would be impossible."

I think his comment is sexist, but I'm happy for once to not be on the list of suspects.

CHAPTER 20 EXERCISE

The commissioner thinks that the Reims soccer team coach was killed. Now there needs to be an investigation.

1. un coupable: b: a culprit
2. un témoin: a: a witness
3. une escroquerie: a: a scam
4. un indice: b: a clue
5. un avocat: a: a lawyer
6. une preuve: b: evidence

CHAPTER 21

The commissioner is standing in front of us. He starts reading aloud the notes he wrote in his little green notebook.

"At 9:29pm, Mr. Michel Hidolga, Mr. Rick Johnson, Ms. Gaby Texas, Ms. Alice Hunt, Mr. Mathieu Kovac and Mr. Jerome Klikot were together next to the fireplace. At 9:33pm the lights in the room went out."

"That's correct," says Mr. Klikot.

"At approximately 9:34pm, everyone heard a loud noise and the floor shook."

"That's indeed right," says Mr. Klikot.

"At approximately 9:36pm, the lights came back on."

The commissioner keeps reading his notes.

"Towards 9:37pm, Michel Hidolga was found on the floor."

"He was crushed by a heavy metal champagne bottle," adds Mr. Klikot.

"And he is dead," says the commissioner.

"That is exactly right," says Mr. Klikot.

There's a silence for several seconds.

"Why and how did that bottle fall on the coach?" asks the commissioner.

Mr. Klikot raises his hand like a student who knows the right answer.

"I know! I know!" he yells.

"And what do you know, sir?" asks the commissioner.

"I know what made the bottle fall."

"Really?" asks the commissioner.

The castle owner struggles to get up from the sofa. He really has a large belly. On the wall, his shadow looks like Hitchcock's silhouette.

"In 1839, Marcel Klikot, my great-great-grandfather, became the owner of this castle. His son, Louis Klikot, my great-grandfather, planted the first vineyard in order to make champagne."

"An excellent champagne," adds the commissioner.

Mr. Klikot scratches his belly.

"It was Louis Klikot's son, Léon Klikot, who began selling champagne internationally in 1919."

"Your family history is interesting," said the detective, "but can you get to today's murder?"

"Of course. I'm getting there. Léon Klikot, my grandfather, was passionate about soccer and a big fan of the Reims soccer team. He hated to see his favorite team lose."

"I understand, I understand," says the commissioner. "Now, can you tell us who, according to you, killed Mr. Hidolga?"

"But it's obvious, Commissioner. It's Léon! Léon Klikot!"

"Is your grandfather still alive?"

"But you don't understand," said Mr. Klikot. "The murderer is obviously Léon's ghost!"

Rick throws his hands in the air.

"The coach of the Reims team was killed with a champagne bottle pushed by a ghost. These French people are really crazy!"

CHAPTER 21 EXERCISE

Was the soccer team coach killed by the ghost of Léon Klikot?

Before answering that question, can you answer the following 5 questions?

Example : It's the son of their daughter or of their son.
It's his/her grandson.

1. C'est le père de son père ou de sa mère. C'est son grand-père.
It's his father's father or his mother's father. It's his grandfather.

2. C'est le frère de mon père ou de ma mère. C'est mon oncle.
It's my father's brother or my mother's brother. It's my uncle.

3. C'est la fille de mon père ou de ma mère. C'est ma sœur.
It's my father's daughter or my mother's. It's my sister.

4. C'est la mère de ma mère. C'est ma grand-mère.
It's my mother's mother. It's my grandmother.

5. C'est le père de mon grand-père. C'est mon arrière-grand-père.
It's my grandfather's father. It's my great-grandfather.

CHAPTER 22

"You think your grandfather's ghost killed the soccer coach. That's an original idea," says the commissioner politely. "It's very interesting, but if you'll allow me, I'd like to explore other options."

I check my watch. It's now 10:25pm. I'm starting to get tired. I'd like to be nice and warm in my bed.

"Does someone have another explanation?" asks the commissioner.

"I have another explanation," says Mathieu Kovac.

"Please continue, sir," says the commissioner.

Mathieu Kovac removes the black tie from his tuxedo.

"So," he says, "we all know that the Reims soccer team is ranked last in the first division."

"For shame!" shouts the team owner.

"Let me speak, please," asks the soccer player.

Number 17 starts pacing in the small room.

"Go on, Mr. Kovac," says the commissioner.

Mathieu Kovac is hot. He takes off his suit jacket.

"We all know," he continues, "that Mr. Klikot wasn't happy with the coach's results. I saw them argue about it several times."

I think back to the argument that I saw yesterday at the stadium.

"Interesting," says the commissioner, writing something in his little green notebook, "go on."

I notice that Mathieu Kovac is sweating profusely. His shirt is wet. He takes off his shirt and puts it on the sofa.

"Mr. Hidolga had a 5-year contract. He still had three years left to go."

"Unless," adds the commissioner, "unless the coach is killed."

"Exactly," says number 17. "I think Mr. Klikot, the team owner, killed Mr. Hidolga."

The castle owner turns as red as his sofa.

"That's slander," he says. "I didn't kill anyone."

CHAPTER 22 EXERCISE

The player Mathieu Kovac takes off his clothes little by little: his shirt, his tie...

Can you translate these 8 words?

1. une salopette: overalls
2. une chaussette: a sock
3. une jupe: a skirt
4. un peignoir: a bathrobe
5. un manteau: a coat
6. un bouton de manchette: a cufflink
7. une ceinture: a belt
8. un nœud papillon: a bow tie

CHAPTER 23

"I didn't kill anyone," repeats Mr. Klikot angrily.

Mathieu Kovac's T-shirt is now completely soaked. He takes it off and puts it next to his shirt. The soccer player is shirtless.

I notice that a soccer player's arms aren't as muscular as his legs. It's a little disappointing.

"I'm innocent!" screams the castle owner.

Mr. Klikot gets up from the sofa and stops in front of Mathieu.

"You're sweating a lot, dear Mathieu," he says to him, "do you have something to hide?"

"I have nothing to hide," says the player. "I'm hot."

"That is strange. *I* think you have something to hide."

"Oh really?" says the soccer player, moving closer to Mr. Klikot.

"Absolutely," replies the other, taking a step towards Mathieu Kovac.

Now the two men are nose-to-nose and even belly-to-belly.

"Explain yourself, Mr. Klikot," commands the commissioner, sitting down on the sofa with Rick, Gaby and me.

Mr. Klikot and Mr. Kovac are standing in front of us. I feel like I'm at a movie. All that's missing is popcorn.

"The commissioner is right. Explain yourself!" says Mathieu Kovac.

Mr. Klikot turns toward us.

"Well, it's obvious," he says. "The team coach made the decision to replace Mr. Kovac by Rick Johnson. He told me that Mathieu's been around the block, he was too old."

Mathieu Kovac's face is red.

"The coach had decided to replace Mr. Kovac with the American Rick Johnson," repeats Mr. Klikot. "Mr. Kovac was furious."

Mr. Klikot has a faint smile.

"I think Mathieu took advantage of the darkness in the room to knock over one of the enormous champagne bottles onto his coach."

"That's nonsense," says Mathieu. "You're a dirty liar. I'm a non-violent person."

At that moment, Mr. Klikot kicks Mathieu hard in the shin, causing him to double over in pain. Mr. Kovac immediately gets up and headbutts him. Mr. Klikot falls to the floor.

"Red card," yells the commissioner.

CHAPTER 23 EXERCISE

Mathieu Kovac and the soccer team owner, Mr. Klikot, are in complete disagreement and they fight each other (se battre).

Can you conjugate the reflexive verb **se battre** in the present indicative?

je me bats
tu te bats
il se bat
nous nous battons

vous vous battez
ils se battent

CHAPTER 24

Rick, Gaby and I watch the two men fight, a punch to the right, a kick to the left.

"Calm down," says the commissioner, "please."

But the two men continue to fight.

"Stop, gentlemen," repeats the policeman. "You are not setting a good example. You're worse than hooligans."

Exasperated, the policeman takes a whistle out of his pocket and blows the whistle like a referee during a soccer game. Suddenly, the door opens.

"Got a problem, chief?" asks a policeman.

"Help me put handcuffs on these two individuals," orders the commissioner. "Be careful, they could bite."

The commissioner and his colleague put handcuffs on the two men.

"We're going to take you to the station," says the policeman. "You'll explain yourselves there."

The two men start yelling again that they're innocent.

"I'm innocent," says Mathieu Kovac.

"I'm not guilty," says Mr. Klikot in turn.

The commissioner looks at Rick, Gaby and me.

"I'm sorry for this sad spectacle," he says.

The two men have their hands tied behind their backs.

"I didn't kill anyone," pleads Mathieu Kovac. "I swear."

"It's a mistake as big as the Dreyfus affair," shouts Mr. Klikot.

The two policemen push the two men toward the door.

"Let's go, gentlemen," says the commissioner. "I'll interrogate you at the station."

I get up from the sofa.

"Wait," I say.

All eyes turn toward me.

"These two men are innocent. I think I know who killed the coach," I tell them. "Follow me."

"Really, Ms. Hunt?" the commissioner asks me, surprised.

All seven of us go out of the room.

CHAPTER 24 EXERCISE

Alice Hunt knows who killed Mr. Michel Hidolga. And you? You don't know? No? Well, look at this text and try to find five mistakes. (The words in **bold** show the corrections to the original text.)

*La demeure de monsieur Klikot est un véritable château **du** Moyen Âge. Devant **ce** bâtiment fortifié, il y a un petit parking où sont garées une douzaine de voitures de luxe : Maserati, Mercedes, Porsche.*

***Nous** sortons tous les trois du taxi. Il pleut encore. Un éclair et un coup de tonnerre nous font sursauter.*

*Gaby marche **vers** le château. Elle n'a pas peur de **l'orage**.*

The home of Mr. Klikot is a genuine castle from the Middle Ages. In front of this fortified building, there's a small parking lot where a dozen luxury cars are parked: Maseratis, Mercedes, and Porsches.

The three of us get out of the taxi. It's raining again. A flash of lightning and a thunderclap make us jump.

Gaby walks toward the castle. She's not afraid of the storm.

CHAPTER 25

"Follow me," I tell them.

We leave the room and walk towards the enormous champagne bottle. It's still on the floor.

"Can you take the handcuffs off of us now?" asks Mathieu Kovac.

"C'mon, take off our handcuffs," pleads Mr. Klikot.

"Not yet," replies the commissioner.

Ricky, Gaby, the two policemen, Mathieu Kovac and the widower Klikot stare at me intensely.

"Rick Johnson is a very good soccer player, but I noticed that he always needs to be reassured."

"That's true," says Rick.

Gaby puts her hand protectively on her fiancé's arm.

"Ever since Rick's been in Reims, the poor guy's heard a lot of criticism from the coach. Gaby saw her fiancé become more and more negative, more and more pessimistic."

"That's right," she says. "And I can't stand to see him like that."

Gaby looks at Rick and smiles at him.

"I'll always be there for you, my love," she tells him.

We're looking at this perfect couple. They're beautiful, young, in love, and surely rich.

"I'm sorry," I say, "but the guilty party is my American compatriot: Ms. Gaby Texas!"

The people around me cry out in surprise.

"How do you know that Gaby tipped over the bottle on the coach? Do you have proof?" asks the commissioner.

"Gaby, show us your hands, please," I ask her.

Gaby reaches out her muscular tennis-player arms. She shows us her hands.

"Look at Gaby's fingers," I say.

"So what?" says the commissioner.

"Look at Gaby's ring."

On her ring finger, you can see a diamond as large as a golfball.

"Look. I'm sure that we'll find the proof that she's guilty."

We walk around the champagne bottle. The commissioner immediately notices the dent in the metal.

"Madam, can you take off your ring?" he asks her.

Gaby gives her glass of milk to Rick and takes the ring off her finger.

"That's a beautiful stone," says the commissioner, observing the diamond.

He places the precious stone against the dent in the metal.

"The shape is identical!" he says.

"You see, when she pushed the bottle, the diamond deformed the metal."

"You're under arrest, Ms. Texas," the commissioner says to her.

CHAPTER 25 EXERCISE

Gaby's big diamond left an indentation on the champagne bottle. She has such bad luck!

Maybe you'll have more luck finding the translation for the following words:

1. une alliance: a wedding ring
2. une boucle d'oreille: an earring
3. un collier en or: a gold necklace
4. une pierre précieuse: a precious stone
5. une montre: a watch
6. une bague en or: a gold ring

CHAPTER 26

The next morning, I'm invited to the police station.

Mr. Klikot kindly sent the commissioner a dozen bottles of champagne to thank him. The policeman wants to share a bottle or two with me. After all, that's normal, I helped him a lot with his investigation.

"What a story, Ms. Hunt," he says to me. "What a story!"

The commissioner didn't wait for me. I can see a half-empty bottle of champagne on his desk.

"One should never trust people who drink milk instead of champagne!" he says. "That's the final word on this story."

"You're right," I say.

The commissioner pours himself a glass.

"How did you know that Rick Johnson's fiancée was guilty?" he asks me.

The policeman empties his glass and immediately pours himself another one.

"First of all, Gaby was the only one capable of pushing that heavy bottle."

"Really? Why?" asks the commissioner, surprised.

"It's obvious. Soccer players have muscular legs, but their arms are ridiculously small. I noticed it when Mathieu Kovac took off his T-shirt last night."

The policeman empties his champagne glass.

"I agree with you," he says. "I think soccer players look a little like tyrannosauruses. They have great legs, but their arms are atrophied."

"As for Gaby, she plays tennis! She's ambidextrous. She can play with both arms, left and right. So she has very muscular arms."

I continue my explanation.

"Second of all, I smelled Gaby's perfume on the bottle. Her perfume smells horribly strong."

"That's true," says the commissioner.

"And third, there's the mark of Gaby's diamond on the metal of the sculpture."

The policeman pours himself another glass of champagne. The bottle is now completely empty. The commissioner is in a very, very good mood.

"Well done, my dear Alice," he says. "You are marvelous... you're fantastic. But why did she do it?" he says after a moment of silence. "Why would she want to kill her husband's soccer coach?"

"It's simple. The coach insulted her fiancé. Texan women don't like their men being ridiculed. Like we say back home, 'Don't mess with Texas.'"

The commissioner opens a new champagne bottle. And this time, I finally have the right to a small glass.

THE END

About the Author

France Dubin lives in Angers, France. She has taught French for more than ten years to students of all ages.

She decided to write books in easy French so that her students could read in French by themselves or with only a little help.

She loves to hear from her readers, and she enjoys speaking at French book clubs. Here are ways to keep in touch:

Send an e-mail to francedubinauthor@gmail.com.
Join her mailing list at francedubin.com.

instagram.com/books.in.easy.french
youtube.com/francedubin
facebook.com/FranceDubinAuthor
linkedin.com/in/francedubin

www.ingramcontent.com/pod-product-compliance
Lightning Source LLC
Chambersburg PA
CBHW020102180626
46812CB00006B/2436